नयनम् इदम् धन्यम्

नरेन्द्र मोदी

संस्कृतभाषायाम् अनुवादिका

राजलक्ष्मी श्रीनिवासन्

रूपा

विक्रेतस्थलानि
इलाहाबाद, बेङ्गळूर, चेन्नै,
हैदराबाद, जेय्पूर, काट्माण्डु
कोल्कत्ता, मुंबई

पूर्णाधिकारः
नरेन्द्र मोदि 2016

अनुवादिका राजलक्ष्मी श्रीनिवासन् 2016

ग्रन्थावरणे श्री नरेन्द्र मोदि चित्रम् - एजाज् सैयीद्
ग्रन्थे चित्राणि - प्रियङ्का जैन् एवं चटरस्टाकः

प्रकाशकस्य पूर्वानुमतिं विना अस्मात् ग्रन्थात् यत्किञ्चिदति भागं
यस्मिन् कस्मिन्नपि रूपे, केनापि प्रकारेण, वैद्युतक्, यन्त्राणि, छायाकृति.
ध्वनिमुद्रिका आदि द्वारा प्रतिलिखितं वा प्रेषणं वा न करणीयम्

ऐ.एस्.बि.एन् 978-81-291-3981-8

प्रथम संस्करणम् 2016

10 9 8 7 6 5 4 3 2 1

गुजरातप्रेमी एव मदात्मा

सरस्वतीमातुः

साधनयाफुल्लोत्तमकुसुमानि सर्वाणि

मन्मातृभाषायाम्

गुजराती भाषायाम्

अनुक्रमणिका

कविता

ऊपोद्‌गातम्

नरेन्द्र मोदी

नाहं विचक्षणकविः न च काव्यकर्ता
मत्परिचयं पृष्टे सति
सरस्वतीभक्तः इत्येव वक्तुं शक्यते।

चिरकालात् स्वल्पस्वल्पेन
अत्र तत्र हस्तलेखनेन
संचितपदानि संचित्य रचितानि
अद्‌य ग्रन्थकरूपेण अवतारं करोति
वः हस्तेभ्यः समर्पयेयम्।

प्रार्थना मम एकैव
पदवीं मम मा पश्यत ग्रन्थेऽस्मिन्
पश्यत कवितान्तर्गतपदानि एव इति।

मम प्रेमभावयुतसंसारे
उद्‌घाटिताल्पवातायनकद्‌वारा जगति
मया यद्दृष्टं, यदनुभूतं, यज्ज्ञातं यदास्वादितम्
तत्सर्वं वर्णाभिषिक्तग्रन्थोऽयम्।
मच्चिन्तनानि मदनुभूतानि च
अपूर्वाणीति मया नोक्तानि
पठितानि श्रुतानि तच्छाया अपि
एवं मया पठितानुभूतातीतानी भवेयुः इत्यपि वक्तुं न शक्यते ।

मत्कविताश्रोतृनिकषे
संघट्टयितुमपि न प्रयतितम् मया
अस्मिन् यानि स्खलितानि भवेयुः
तान्यपि मया न गणितानि
लिखिताः कविताः सर्वाः रससिद्धाः इत्यपि वक्तुं न शक्यते

परं कतिपयसमये अपक्वाम्राण्यपि
सुस्वादयुक्तानि भवन्त्येव।
भवद्भ्यः यदभिमतं तद्विचिनुत।

गुजरात काव्यकारान् सुष्ठु आस्वादितवानहम्
गुजरातस्य उत्तुङ्गतरङ्गयुतकाव्यप्रयाणे क्षेपणिकभूत
सुरेन्द्रभाई दलालेन सह संभाषणचर्चासमये
मदन्तर्गतकाव्यरचनाकौशलत्वं ज्ञातवान् अयम्।
तत्सौहृददद्वारा मदन्तर्गतभावान्
यदा उद्घाटयितुं प्रयत्नं कृतवान्
तदा कवितास्रोतस्तु वेलामतीत्यैव प्रासरत्।
स तु मदन्तर्गत मनोभावान् कात्स्र्येन
मया निष्काशयितुं शक्यं इत्यमन्यत।

अहं गुजरातीयः, गोपनेन अलम्
अत्र तत्रेति सिंचितभरितमत्काव्यकोशात्
नानाकवितानि विचिनुतवान्
इत्थं कवितानीडं रचितम्।
एकैकेन लिखितकवितां प्रयुज्यमानेन
नीडं बृहदाकारं अभूत्।

सुरेशभाई अवकाशं दत्वा स्थपतिरिव
काव्यनीडनिबन्धने सहकारं कृतवान्
मत्काव्यनीडं भवतां स्वागतनिमन्त्रणं अर्पयति
क्षणपर्यन्तं आहोस्वित् कतिपयक्षणानि मत्काव्यनीडे उपविशत।
नीडे अस्मिन् भवतां मनोभावान्यपि तरङ्गितुं शक्यते।

कविताभिः सह
प्रकृतिप्रयाणकल्पनाऽपि सुरेशभाइना दत्तम्
मह्यं तद्रोचते एव।
भवद्भ्यः अपि रोचयेत् इति अहं मन्ये।

भूमिका

B. N. Srikrishna
FORMER JUDGE, SUPREME COURT OF INDIA

109, DBS HERITAGE, PRESCOTT ROAD,
OPP. CATHEDRAL SENIOR SCHOOL,
FORT, MUMBAI - 400 001.
TEL.: 022-4077 9109

FOREWORD

I have perused with pleasure the Sanskrit translations of Gujarati poems of of Sri.Narendra Modi (currently Hon'ble Prime Minister of India), authored by Smt. Rajalakshmi Srinvasan. As the poet himself declares, the poems were penned at different times and reflect the different moods of the poet. Though, there may not be a discernible thread running through the poems, the poems indicate a sense of purpose, determination and optimism.

Translating poetry from one language to another requires not only command over both languages, but also the ability to give expression to poetic muse in both. Translation into Sanskrit becomes more difficult on account of the difficulty in expressing modern ideas and idioms in the ancient language. Smt, Srinivasan shows her adeptness in surmounting the inherent problems. Her bold effort to articulate in simple Sanskrit the ideas of the poet, being true to the original, is commendable. She has attempted the translation in free verse without the constrictions of strict rules of metre. There is not much modern literature in Sanskrit, perhaps due to lack of large readership, which may discourage publishers from publishing and the authors from writing. Smt. Srinivasan's courageous assay to break free of this catch 20 situation merits kudos. The translation is true to the ideas of the poet and enables the reader to get a flavor of the original poems in Gujarati. She deserves compliments for adding to and enriching the repertoire of modern Sanskrit literature.

My best wishes to Smt. Rajalakshmi Srinivasan. May her pen produce more and more of such literature!

Mumbai
18th August 2015

(B.N. SRIKRISHNA)

ज्ञानपीठ पुरस्कार सम्मानित
पद्मभूषण तथा राष्ट्रपति सम्मान प्राप्त
महामहोपाध्याय विद्यावाचस्पति विद्यामार्तण्ड
प्रो. सत्यव्रतशास्त्री
अध्यक्ष, द्वितीय संस्कृत आयोग, भारत सरकार

आशीर्वचनम्

मान्यःश्रीनरेन्द्र मोदीमहाभागः प्रधान मन्त्रिरूपेण भारतदेशस्य कर्णधार इति प्रकाशम् । स कविरपीति न तथा कुत इति चेत्, गूर्जरभाषया तेन रचिताः कविताः। यदि ताः कविताःभाषान्तरेणोपन्यस्ताः स्युर्तर्हि गुर्जरभाषामजानाना अपि स्वस्वभाषामाध्यमेन तद्रसमास्वादयेयुः। 'कविः करोति काव्यानि स्वादं जानन्ति पण्डिताः' इति प्राचीनोक्तिः । यदि पण्डितास्तद्भाषानभिज्ञा स्युर्यया काव्यमुपनिबद्धं तर्हि कथं ते तत्स्वादं जानीयुः? अतोऽपेक्षाऽनुवादस्य । यथान्यभाषाभिः कवेर्नरेन्द्रमोदीमहाभागकाव्यस्यानुवादोऽपेक्षित एवं संस्कृतेनापि येन तत् संस्कृतज्ञानपि तद्रसनिर्भरान् कुर्वीतेति श्रीमत्या राजलक्ष्म्या व्यपारितोऽत्रात्मा ।

अहं गूर्जरभाषां मनाग् वेद्मीति मूलभाषयाऽपि मान्यवरश्रीनरेन्द्रमोदीकवितारसो मयाऽऽस्वादितः । तत्कविताविषये पद्यरूपेण स्वकीयं भावमहमित्थमाविष्करोमि -

गम्भीरभावा नहि चाप्रसादा
भृता रसैः स्वादुभिरप्रमेयैः
नरेन्द्रमोदिकविताऽतिरम्या
विराजते देवतरङ्गिणीव ॥

विचारदीचिप्रकरैरसंख्यै-
रुद्वेल्लसन्ती जनमानसानि ।
नरेन्द्रमोदिकविताऽतिरम्या
विराजते देवतरङ्गिणीव ॥

माध्वीक माधुर्यधरा स्वनेन
संमोहयन्ति विबुधान्तरङ्गरम् ।
नरेन्द्रमोदिकविताऽतिरम्या
विराजते देवतरङ्गिणीव ॥

1996 ईशवीय संवत्सरे मद्रपुरीसंस्कृतकलाशालया नवतिवर्षपूर्तिमहोत्सव आयोजितः । तत्राहं भाषणार्थमामन्त्रितः । भाषणानन्तरं श्रीनिवासन् नामधेयः कश्चन महानुभावो मामुपसद्य समीपस्थां महिलामेकामुद्दिश्यावोचत - इयं मम धर्मपत्नी राजलक्ष्मी । इयमपि संस्कृतविदुषी । अभिवादन प्रत्यभिवादनानन्तरं तया सह कांचित्क्षणान्मम चर्चा सज्जाता । अयं नाम मम प्रथमः संपर्कः श्रीमत्या राजलक्ष्म्या । तदनु बेङ्गलूर्नगरे सम्पन्ने पूर्णप्रज्ञासंशोधनमन्दिरसमायोजितगोष्ट्यवसरे पुनस्तया जातः संपर्कः । यदा प्रशासनाधिकारिणी तद्दुहिता दिल्ल्यां स्थानान्तरिता तदा नैकवारं पुनस्तया जातः संपर्कः ।

एवं संपर्कशृङ्खलया जातो मम तया तत्कुटुम्बकेन च सह प्रगाढः स्नेहसंबन्धः ।

पञ्चविंशतिसर्गात्मकं मम श्रीरामकीर्तिमहाकाव्यं कर्णाटहिन्द्यासमादिनानाभाषाभिरनूदितमिति ज्ञात्वा तमिलभाषायामिदमनुवादितव्यमिति तन्मनसि स्फुरितो विचारः । तदनुसारेण तत्तमिलभाषायामनूदितं तया केन्द्रियसाहित्याकादेम्या च तत्प्रकाशितम् । एवमेव मम मानवमूल्यपरिभाषास्तद्व्याख्याश्चेति ग्रन्थोऽपि तया तमिलभाषयानूदितः कालिकातास्थया भारतीयविद्यामन्दिरसंस्थया च प्रकाशितः ।

अनुवादकर्मणि श्रीमत्या राजलक्ष्म्या अनितरसाधारणं प्रावीण्यम् । नाना ग्रन्थास्तया ऽनूदिताः संस्कृतात्तमिलभाषया तमिलभाषातश्च संस्कृतेन, प्रस्तुतः कवितासंग्रहो गुर्जरभाषातः संस्कृतेन ।

अनुवादो हि जटिलं कर्म । 'उदितानुवादः स भवती' त्येवं वदताऽऽचार्येण यास्केनानुवादस्य परिभाषैव प्रस्तुता । तन्नाम पूर्वमुदितं येने केनापि तस्यैव पुनर्वदनं नामानुवादः । भाषान्तरेण स इति तद्रूढिगतोऽर्थः । अनुवादको नाम भाषान्तरकार इति निर्गलितोऽर्थः । मूलभाषागतं विषयं भाषान्तरेण प्रस्तुवताऽनुवादकेन द्विधाऽवधेयं भवति । तदनुवादे मूलगतो भावस्तेनाक्षुण्णतया, यथातथम्, उपन्यस्तव्यो भवति, यया च भाषया स तं उपन्यस्यति तत्स्वारष्येऽपि तेनावधेयं भवति । प्रत्येकं भाषायाः भवति निजं किमपि स्वरूपम् । तदव्याघातेनानुवादकेन प्रवर्तितव्यं भवति । अनुवादस्येदमेन श्रेष्ठत्वं यत्स मूलमिव प्रतीयेत । तत्प्रतीत्यापादनं न सुकरम् । य एवं करोति स कुशलोऽनुवादक इति यशोभाग् भवति ।

मूललेखको यथास्वतन्त्रो न तथाऽनुवादकः । स तु मूललेखकाधीनः । न तेन स्वेच्छया विषयोपन्यासे प्रवर्तनीयं भवति । अन्येन प्रतिपादितस्य विषयस्यैव तेनोपन्यासः कर्तव्यो भवत्यन्यभाषया । समान एव शब्दो बहुधा प्रसंगवशादन्यमन्यमर्थं प्रकटयति । तत्र भाषान्तरे कस्कः शब्दस्तत्तदर्थानुकूल इति विषये बहु विम्रष्टव्यम् भवति तेन । अनुवादो न सुकर इति संयक् सविदत्यापि श्रीमत्या राजलक्ष्म्या व्यापारितस्तत्रात्मेति सा सुतरां प्रशंसार्हा ।

निरन्तराभ्यासजनितयशोलक्ष्मी राजलक्ष्मीः चिरं जीवतादितोपि च भूयो यशोऽर्जयदादिति भूतभावनं भगवन्तं संप्रार्थ्य विरमाम्यहम् ।

सुरसरस्वतीसमाराधनैकव्रतः

नई दिल्ली

सत्यव्रतः शास्त्री

प्रस्तावना

भाषान्तरकरणं अनुवादनं नियतं वैशिष्ट्यकलैव। तत्कलायां तत्पराः न केवलं नानाविधकवीनां मनः कल्पनानि, चिन्तनानि च संशोध्य तद्रसभावं अनुभवन्ति परं तत्तु स्वजीवने दैनन्दिनक्लिष्टदशानां संशोधनार्थं उपयुज्य बहूत्तमफलं प्राप्नुवन्ति। सुलेखकानां लेखनीव निष्णातातितीक्ष्णायुधं इतरत् किमपि आयुधं द्रष्टुं न शक्यते। तत्रापि लेखकः अतितीक्ष्णबुद्धिमान्, कल्पनासमुद्रः, जीवनानुभवशाली, क्लिष्टतासमाधानविचक्षणः इति बहुज्ञानवान् भवेत् तदा तत्कवितानां पठनं संशोधनं वाचकेभ्यः सुफलदायकं भवेत् नात्र संशयः। सहृदयान् जीवनलक्ष्यसोपाने आरोप्य जीवनावज्ञानं संसारावज्ञानं सुष्टु वर्धते।

पञ्चवर्षपूर्वं यदा श्रीनरेन्द्र मोदि महाशयः गुजराद्राज्यस्य मुख्यमन्त्री आसीत् तदा तन्महाशयेन मिलनावसरं प्राप्तवती। तदा मां अनुवादिका एवं मम अनुवादनकरणप्रवीणतां च ज्ञात्वा बहु प्रमोदं प्राप्तवान्। संभाषणमध्ये स्वकवितानां भारतवर्षभाषाणां मातृभूतदेवभाषायामनुवादनवैशिष्ट्यकर्म मम दत्तवान्। अहमपि धन्योहमिति मत्वा तदामोदितवती। तदर्थं तद्रचनाकारं मम हृदयङ्गमधन्यवादान् प्रथमं तावत् अर्पयामि ।

यदा उपरितलेन मया पठितं तदा तु कविताः सर्वसहजता सरलता इत्येव मम भासिताः। परं तन्महाशयस्य सर्वाङ्गीणचिन्तनानि वीक्ष्य, पठित्वा अवगमनार्थं वैशिष्ट्य प्रयत्नं अत्यावश्यकं अभूत्। तत्तु मां चिन्तनाजलप्रवाहे सुगाढं न्यमज्जयत। भगवद्भक्तिः, रामपादे आत्मनः अचञ्चलसमर्पणविश्वासः, आत्मविश्वासं, नियमबद्ध स्वभावं, विशालदृष्टिः मानवतारूपेण समदृष्टिः, पक्षपातेन विना सर्वेषां तराजू भूत्वा न्यायसमादानप्रदर्शनं, ललाटलिखितलेखोपरिपरिपूर्णविश्वासं अनाधृत्य स्वप्रयासे स्वप्रयत्ने संपूर्ण विश्वासप्रापणं, प्रकृतिप्राप्तज्ञानं, क्षमापूर्णेन भूतकाल विस्मरणं, सर्वेमिलित्वा समवायेन सर्वान् प्रगति मार्गे आनयनं, नायकापेक्षितगुणसंपन्नं, नूतनमार्गान्वेषणं, तन्मार्गनियमनं, धीरो भूत्वा सर्वान् तन्मार्गे आनयनं इति सर्वे तत्कवितोद्धृतकनकमणिकणाः।

पृथ्वी रम्या नयनमिदं धन्यमिति भूदेव्याः यशोगानंकृतकवि तु स्वलक्ष्यपूरणार्थं संपूर्णजयप्रापणार्थं

पूर्णायुष्यं वाञ्चति। 'मम स्वेददुर्गन्धे मां अवगच्छ' 'योजननिकरराशिमध्यस्थलमेव मम विरामस्थलम्' 'मत्प्रकाशमेव पर्याप्तम्' 'जीवनार्थं स्वप्नानि नियतवाञ्चितानि' 'यन्त्रमयजीवने सौन्दर्यमन्त्रं नवविचित्रमन्त्रं प्राप्तम्' 'अस्तीति विश्वासं प्राप्तवानहम् - नास्तीति नास्तीति वचनं दूरीकृतवानहम्' - वाक्यानि एतानि यथा मन्मनाकर्षणं कृतानि तथैव वाचकानां मनांसि आकृष्य स्वस्वकर्म कौशलत्वेन कृत्वा समुदायोन्नतिं प्रावर्धयेत् ननु ।

इत्थंभूत कवितानां संस्कृत भाषायां यथाशक्ति अनूद्य, तदपि विशेषतः छन्दविरहितमधुरवचनबद्धनवयुग आधुनिककवितारूपेण विलिख्य संस्कृतवाचकानां सहृदयत्वं वर्धयितुं मम अवसरः लब्धः। तदर्थं आत्मानं धन्या मन्ये। भावप्रधानं कविता इति मत्वैव एतत् मया आधृताम्। भाषा सजीवा एवं पुष्टिवर्धनयुता भवितुं स्वेतरभाषाणां सुवैभवानुसरणं अत्यावश्यकमिति मत्वैव मया एतत् लेखनशैली आधृतम्। अस्मिन् अनुवाद कर्मणि मम बहु कोणेभ्यः सहायता अपेक्षिता तत् सर्वं समये प्राप्तमिति सगर्वं वक्तुमुत्सहे अहम्। प्रथमं तावत् मूल कविं अद्यतन भारतस्य प्रधानमन्त्रीपदवीं अलङ्कुर्वाणं श्री नरेन्द्रमोदि महाशयं ममाभिनन्दनानि प्रकटयेयम्। मम भर्त्रा श्रीमता श्रीनिवासमहोदयेन कृतसहायता अवर्णनीया। तस्मै मदभिनन्दनानि प्रकटयेयम् । भिन्नभाषायां रचितकवितानां भावपूर्णानुभवनं तु तद्भाषाविचक्षणेनैव शक्यते। तस्मिन् कोणे मम आत्मजा श्रीमती जयन्ती रवि महोदया समये समये मम सहायतां कृत्वा सुदृढबलं अददात्। तदर्थं तस्यै मम वैशिष्ट्य अभिनन्दनानि वितरेयम्। कवितानां अनुवादानन्तरं बहुकर्मतत्परहेतुना दुर्लभंसमयावकाशः सन्नपि तत् संपूर्णं पठित्वा तस्य प्राक्वचनं दत्तं विरमं प्राप्तोच्चन्यायालयन्ययाधीशेन श्री बि.एन्. कृष्णामहोदयेन इति यत् तत्तु कविता गुच्छस्य अहोभाग्यमिति मन्ये। नात्र शंसय:। तस्मै मम अभिनन्दनानि वितरेयम् । अत्रभवता ज्ञानपीठ पद्मभूषणबिरुदादिभिरलङ्कृतेन संस्कृतभाषानिष्णाताद्यन्तनभीष्मपितामहरूपमहामहोपाध्यायमान्यश्रीश्रीसत्यव्रतशास्त्रिमहोदयेन बहुकर्मनिकराणां मध्ये प्रेमसौहृदभावेन आशीर्वचनानि दत्तानि । तदभिनन्दनानि वाचामगोचराणि । तेषां मम धन्यवादाः ।

संस्कृत भाषा प्रवीणा पूज्यश्री गुरुमा समानन्दा सरस्वती संपूर्णं पठित्वा स्वतृप्तिं निवेदितवती। तस्याः विशिष्टाशीः प्राप्तमिदं कवितागुच्छम् । तन्मम एवं वाचकानां सौभाग्यमित्येव मन्ये। तस्यै मन्कृतज्ञतां प्रकटी करोमि । संस्कृतभाषानिपुणः श्री दुर्गा प्रसाद महोदयः संपूर्णग्रन्थं पठित्वा सहायतां कृतवान् । तस्मै मम धन्यवादान् प्रकटयेयम् । एतैः एव नालम् । ग्रन्थ रूपेण

प्रकाशनक्लिष्ठकर्म तु रूपा पब्लिकेषन् द्वारा आधृतम् एवं अत्युन्नतरीत्या सुष्ठु प्रकाशनकर्मकृतम् च। तेषां मम धन्यवादार्पणं नियतप्रथमकर्तव्यं भवति | यथाशक्तिमूलकवेः आशयानि तद्रूपेण रचयितुं प्रयत्नं आधृतम् । सहृदयवाचकाः पठित्वा सफलं प्राप्नुवन्तु इति सर्वशक्तिमन्तं भगवन्तं प्रार्थये ।

राजलक्ष्मी श्रीनिवासन्

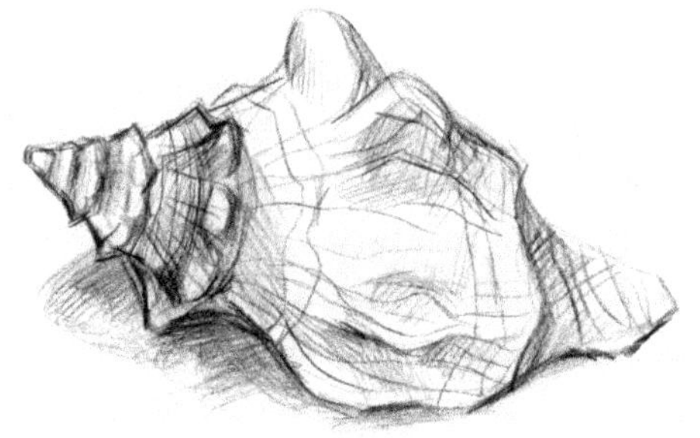

धन्यः

पृथ्वीयं रम्या अस्ति
नयनमिदं धन्यमस्ति

आर्द्रश्यामलतृणोपरि आतपः आक्रीडति अत्र।
आनन्दं न घटयति उष्णार्दितः अपि।
व्योमः भव्यःअस्ति।
पृथ्वीयम् रम्या अस्ति

आकाशे इन्द्रधनुः सानन्दं रमते
आलिखति पवने नानावर्णवर्तुलानि
कस्य जन्मनः पुण्यमिदम्?
जीवनं धन्यमस्ति धन्यमस्ति
समुद्रोऽयं आकाशोपरि तरङ्गायते
मेघसङ्घे किं संचितम्? केनापि न ज्ञातम्

अथ भरितं अपि शून्यं दृश्यते

पृथ्वीयम् रम्या अस्ति

पृथ्वी रमणीया ॥

मानवानां सङ्घे मम मेलनं सन्ततं लब्धम्

अन्येषां मेलनं मदानन्दं वर्धयति ।

सर्वं तदनन्यमेव

तद्दुर्लभमेव

धन्या धन्या धन्या

मम पृथ्वीयं रम्या.।

अकस्मात्

अन्धकारकृष्णकागजे अहम्
आलिखितवान् कासारचित्रमेकम्।

कासारे भ्रमररीङ्कारनादेन सह
काचित्शाखोद्भूता —
निबिडान्धकारं न्यूनीकर्तुमहं
चन्द्रमेकं लिखामि

कासारशान्तजलमिव
पवनाय नीलवर्णं कृतवानहम्

अकस्मात् वैशाखमासमध्याह्नभास्करः
कागजं दग्ध्वा भस्मीकरोति ।
परं मम हस्तस्थशलाका

दृढमभूत्

मेंढकचीत्काररवः
ऋतोः स्वप्नम्
स्वप्नानां ऋतुः
सर्वं भाष्पायितम् ॥

वयम्

जीवनाप्तमित्राण्येव वयम्
अखण्डव्याप्तासीमप्रेमभराः च ।
कोऽपि अस्मान्न निवारयति; कोऽपि न निन्दति ।
स्वात्मानन्दभरितसभैव वयम्

यदि मनसि इच्छा भवेत् तदा उड्डयेम
यदि इच्छेम तदा रत्नाकरे निमज्जामः ।

धराधरोपरि सूर्यो यदि भवेत्
अर्धरात्रीवेलायामपि तदुदयं कुर्मः ।

शोको नास्ति नास्ति संकोचोऽपि
सर्वसंपन्ना परिपूर्णा वयम्

पण्डिताः अस्मान् उन्मत्ताः इति वदन्ति

तेऽपि सत्यवादिनः; वयमपि अनृतवादिनः न

अस्माकं पारावारः निष्तट

विशालव्याप्तसमुद्रः

तत्र वयं प्रस्फुटिताः बुद्बुदाः न

अस्माकं कण्टकः कुत्रास्ति?

समुद्रमध्यस्थाः एव वयम् ।

आक्रन्दनम्

यदा ज्ञातवानहं तवागमनम्
मम हृदयहिमाचले
दावाग्निरुद्भूतः ।
मल्लोचने तु चन्द्रोदितः

यदा त्वां दृष्टवान् तदा
मयि
सुगन्धसुमनः
वनस्पतिः प्रफुल्लितः
यदा त्वामाप्तवानहं
गिरिः पिगलितः
रोमरोमसु सुगन्धं व्याप्तम्
परम् आः!
पिगलितपर्वते शून्य

कोटरमेकं आसीत् ।

चन्दनपादपसौगन्धं

मां दहति

स्वप्नभण्डारं

भस्मीभूतम् ।

दूरे तटस्थ

मम चक्षुश्चन्द्रः

क्षितिजस्थ तिष्ठति

त्वया विना एव

मत्प्लवं तटं आप्नुयात्

इत्थंभूतसुखं कदा मिलेत्?

संपूर्णजगत्

गतदिनाध्वानं अवसानं गतम्
तदन्ते रोहति
अद्य प्रभाततरुः ।
पवनशाखासु डोलायन्ते
किरणकुसुमानि
जानन्नेव कृतापराध इव
पक्षिणः सावकाशेन जीवगीतं गायन्ति

परमहं यदा वातायनानि उद्घाटयामि तदा
मज्जीवनं एव अतीव रोमाञ्चकं अनुभवामि
मम अस्तित्वम् कदापि एतावत् लावण्यमयं न विभाति
अहं तु मच्छरीरं मन्हृदयं मच्चित्तमिति
सर्वं भगवत्प्रसादमिति मन्ये।

मदालिङ्गने संपूर्णविश्वमेव
मयि निर्विशतीव लक्ष्यते ।

अद्य

इदमासीत् तदासीत्
ईदृशमासीत् तादृशमासीत्
अत्रासीत् तत्रासीत्
अत्रैवासीत्

इत्थं आसीदासीदिति मनसि
जीर्णपूर्ववैभवयुक्तसदननिभ
कुमार्गेषु चलन्पिनद्धाः किमर्थम्?

छायापिशाचान् इव किमर्थं
संचरणीयं अस्माभिः?

गतकाल इव
पिशाचछायां गृहीत्वा इव

अत्र तत्र संचरति इतिहासात्मा ।
नियतम्
आत्मा अविनाशि एव........
परं अविनाशात्मार्थं अपि अद्य
वर्तमानकाले शरीरमेकम्
अपेक्षितम् ।

भावीकाले
श्वः अनश्वरः शाश्वतः भवितुं
गतकालबृहत्भार-
मायां वहन्तः
अद्य वर्तमानकाले वञ्चननाटकं कुर्वन्
जीवनक्षपणेन प्रयोजनम् किम्?

अस्माकम्

सन्ध्याकालवेला एकान्ते रमेम वयम्
मच्चरीरे मनसि च उल्लसन्ति
तरणेतरोत्सवमेला

दानादानमिति किञ्चिन्नास्ति।
मम तव इत्यपि किञ्चिन्नास्ति ।
लोके अस्मिन् यदस्ति तत्सर्वं
मनसि प्रभूतं प्रमोदं जनयति।

मन्मार्गः राजमार्गः संघर्षणं नास्ति
सन्ध्याकालवेला एकान्ते रमेम वयम्

मतं नास्ति संप्रदायं नास्ति
मानवः मानव एव।

प्रकाशे भेदो अस्ति किम्?
दीपज्योतिः भवतु नेयदीपो भवतु
सुस्थिरलंबितदीपज्वाला इव
नैवावलंबितम् कदापि
सन्ध्याकालवेला एकान्ते रमेम वयम्।

आपत्

षोडशवर्षीयाकन्यानदी
अद्य तु कोपावेशंगता व्याघ्री अभूत्।
मदमत्ता इव भ्रमति वर्षाहेतुना
निर्लज्जा निर्व्रीडा
स्वनियमं विनष्टवती।

स्वजलोग्रप्रवाहं
सा स्वयमेव न ज्ञाति कदाचित्
सोन्मत्ता इव कुचेष्टानि करोति
आत्मानमपि न गणयतीव प्रायः
स्वघोरजलप्रवाहं इत्थं घोरं भवेदिति च न ज्ञात्येव ।

क्रमेण एकैकं ग्रामं निमज्जयति
शवानि कियन्ती कियत्मूर्च्चन्ति

चरमाक्रन्दनं असहायता ......

शेषमभूत्; प्रकृत्याः विकृतिरूपम्

जलप्रवाहविनाशशक्तिपरिचयम् प्रकटीकरोति किमु।

जलस्य विनाशरूपमेवैतत्

आशा

उज्ज्वलज्योतिदृढविश्वासमेत्याहं
तमो उद्धृत्य निष्काशितवान्।
उज्ज्वलज्योतिदृढविश्वासमेत्याहं
तमो उद्धृत्य निष्काशितवान्।

कृष्णकालचक्रे छेदोऽभूत्
अद्य प्रकाशस्यसीमा नास्ति
अद्य प्रकाशः प्रसृतः।

मनुष्याणां नूतनवर्णपङ्खा इव
प्रकाशमेव प्रकाशं सर्वत्र
अद्य ज्योतिरेव ज्योतिः ।
उज्ज्वलज्योतिदृढविश्वासमेत्याहं
तमो उद्धृत्य निष्काशितवान् ।

गतिरेका तथा मतिरेका
प्रगतिमार्गोऽपि एकैवाभूत् ।
अचञ्चलगौरवम् दृढ ऋजुता
आजीवनं यतिवेषैव ।
दुःस्वप्नानां
सर्वदा अनैक्यतायाः सुतालः लग्नः
अथ ज्योतिरेव ज्योतिः

उज्ज्वलज्योतिदृढविश्वासमेत्याहं
तमो उद्धृत्य निष्काशितवान्।

नास्ति यशस्कीर्तीनां सीमा
नास्ति इच्छाद्वेषोऽपि
क्षमादानमेव सन्ततं मनसि चिन्तितम्
रामसदृशमन्हृदयं
मां रक्षेन्निरन्तरम्

ज्योतिरेव ज्योतिः

उज्ज्वलज्योतिदृढविश्वासमेत्याहं

तमो उद्धृत्य निष्काशितवान् ।

प्रेमाभावः

प्रेमभावेनविना मानुषभावयुक्तनरः उच्छवसितो भवति।
मानुषभावयुक्तनरः
परस्परशापदानं किमर्थम् करोति?
नीरप्रेमभावेन विना अत्र पादपपत्रवृक्षकाः शुष्यन्ति
कथं फलं प्रदास्यते?
शरदि वृक्षोपविश्य पिकः कथं पञ्चमं स्वरं गायेत्?
मानुषभावमेत्यानन्तरमपि परस्परवञ्चनं किमर्थम्?
प्रेमभावेनविना मानुषभावयुक्तनरः उच्छवसितो भवति।

प्रेमभावेन विना नरः पङ्गूभूय साहाय्यं अभिलषति
अभावसूत्रेण मानुषः अश्रुधारां भिद्यते ।
प्रेमभावेनविना मानुषभावयुक्तनरः उच्छवसितो भवति।

उत्थिष्ठत जयस्वागतं कुरुत।

अस्ति भूदेव्याः क्लिष्टसमयः एषः
सर्वे मिलित्वा संमिलिताः तिष्ठेम ।
अद्य विजयोत्सवं मानयामहे
द्वेष्यभावं भूमौ निक्षिप्य
भूमिं सुगन्धयुक्तं कर्तुम्
उत्थिष्ठथ. वीर! इदानीं जागृहि ।
उत्तिष्ठत जाग्रत धावत धावमानाः....
परस्परं मिलित्वा ऐक्यभावेन जीवेम।
एकाकी न वस्तव्यम्
भूदेव्याः क्लिष्टसमयः एषः

पीडित मानवाः, दुःखमयजीवनम्
हृदये पद्मासनं स्थिरं कुरु
संसारे भिन्नभिन्नमुखानि परम्

वैशिष्ठ्यभिन्नं न भाति ।
स्वान्तरङ्गं तु संपूर्णमेव ।
अस्ति भूदेव्याः क्लिष्टसमयः एषः।

पृथिव्याः धूसरं ललाटे धर
वृथा डोलायने मा उपविशत
अग्रेसर; कतिपयस्वप्नान्यलङ्कुरु
नवनूतन मार्गेऽस्मिन् चल चल
अस्ति भूदेव्याः क्लिष्टसमयः एषः

नायं मृत्तिकापाद कर्म अत्र
इदं वीरपुत्रधामैव
गगनभेदिजयजयघोषयुक्त
तरणेतरोत्सवम् मानयामः।
अस्ति भूदेव्याः क्लिष्टसमयः एषः

वीर! उत्तिष्ठ

निद्रा राङ्कवमादृत्य
शरीरं तु सुषुप्तिनिद्रावशं गतम्
वीर! उत्तिष्ठ, जागृहि
त्वदन्तस्थवीरता ज्वलति

आकाशे अग्निः
प्रज्वलन्दहनज्योतिः
उच्चलति..............................
शूलैव उष्णकिरणकवचं
धरन् अभिग्रहं अभिमुखं कुरु।

देव्या कामाख्यायाः
आक्रन्दनशब्दं संपूर्णम्
उद्घाटितकर्णाभ्यां शृणु

प्राक् तावत् उत्तिष्ठ

यदि जागरितो भवेः तेनैव किंचित् साधितमिति उच्यन्ते

अतः पूर्वमेव उत्तिष्ठ! ....

रुक्मिण्याः आक्रन्दनरवं श्रुत्वैव

द्वारकानाथो भूत्वा क्षिप्रं धाव ।

अस्माकं समयस्तु अल्पमेवास्ति

सुदर्शनचक्रमादृत्य धाव तुरं धाव

समीरे वेणुं वादयन् मा तिष्ठ ।

यदिवीरः तर्हि उत्थिष्ठ।

आक्रन्दश्रवणपूर्वमेव

गच्छति चेत् विनष्ठप्राया मानवता

सा कलङ्किता न भवेत्

तावदेव् धाव ।

स्वप्नम्.............

अग्नि भस्म

रजसिमिश्रीभूतम्

अन्ध पथिकैः ।

मतकरण्डकं शवकरण्डकं अभूत्

मतदानं न परं तेषां माथा

एव दत्तवन्तः ।

हिमवति तीव्रदावाग्निः प्रज्वलति

दावाग्निं शमयितुं धावन् तुरंगच्छ ।

भगवत्कृपां प्रार्थय

वीर! अद्य तावत् जागृहि।

आसाम् वेपमाना अस्ति

मृतबालकानां आक्रन्दनैः

सप्तकन्याः अनाथाः अभूवन्

चितायां दहन्ति

उत्तिष्ठ........ वीर ...... धीर......

न केवलं आसामः

देशावस्था क्लिष्टा एव

उत्तिष्ठ वीर धीर

भयं तव स्वभावं यावत् न भवेत्

तावदेव उत्तिष्ठ ।

यदि वीरः भवेः तर्हि उत्तिष्ठ।

एकाधाश्रुबिन्दवः

आगच्छन्ति च प्रतिनिवर्तन्ति तथैव बान्धवाः
अर्पयित्वास्माकं लोचने एकाधाश्रुबिन्दून्

घनीभूताश्रूणि शिलेव भारीभवन्ति
कोणेनिक्षिप्तत्रुटितपुरातनसितारवाद्यं तत्
शीतलमन्दसमीरः दहेत्
शीतलमन्दवायुः कुत्रापि न गतम्
अस्माकं लोचने एकाधाश्रुबिन्दून् अर्पयित्वा ।

काचखण्डानि कियत्कालं परिरक्षितुम् शक्यते
किञ्चिन्नास्ति इच्छास्पृहाप्रार्थना
किमु प्रसरजले हस्ताक्षरं कर्तुं शक्यते
अस्माकं लोचने एकाधाश्रुबिन्दून् अर्पयित्वा

शीतलबान्धवे मह्यं असह्योष्णम्
कुसुमपथि कंटकानि तुदन्ति
निर्जनवनोद्देशे केन गातुं शक्यते
अस्माकं लोचने एकाधाश्रुबिन्दून् अर्पयित्वा

इत्थंभूत मानवाः

यत्र भाषितव्यं तत्र न भाषन्ते
यन्न न भाषितव्यं तत् भाषन्ते ।

इत्थंभूत मनुष्याणां गरिमा तु शुष्कतृणतुल्यमेव
वाणीलोचनोन्मील्य
यद्वक्तव्यं तद्वद ।
कपटमौनाडम्बरं
ज्वलत्सोष्णेन प्रदह ।
कदापि प्रशंसावचनाङ्के न उपवेशितव्यम्
यत्र भाषितव्यं तत्र न भाषन्ते
यन्न न भाषितव्यं तत् भाषन्ते ।

कस्यापिनिन्दावचनानि श्रुत्वा
मूकैव मौनाधरणं पापं भवेत्

सत्यप्रमाणेन स्वीकरोति चेत्
सर्वप्रमदेभ्यः मुक्तः भवेत्
समीरलहरीभिः सह वृक्षगौरवमपि
ऐक्यभावेन डोलायते ।
अनादिकालप्रभृति प्रकृत्यां अनृतं केनापि न प्रयुक्तमेव ।

वाताटः

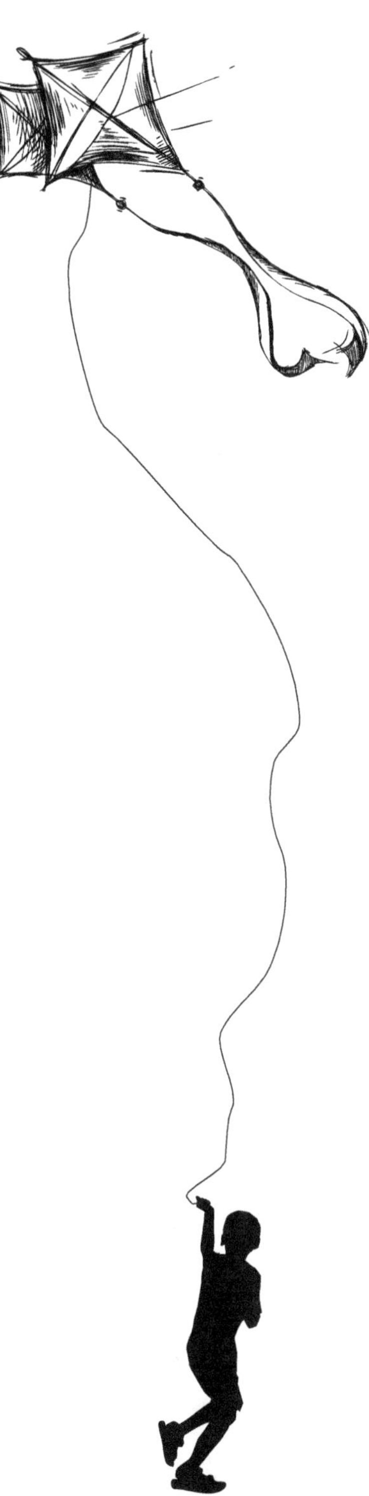

वाताटः

मम उन्नतशिखरारोहणोत्सवम्

आदित्योन्मुखीगमन

प्रयाणमेवैतत्

वाताटः

बहुजन्मनां मन्मनप्रीत्युत्सवम्

सूत्रमेव मद्घस्ते अस्ति

पादमिदं भूमौ

आकाशोऽड्डयित

पक्षीव

मम वाताटः

बहूनां वाताटानां मध्ये अपि

मद्वाताटः न घर्षति ।

तरुशाखेष्वपि

न अनुलग्यते

वाताटः...............

जानासि इदमेव मद्‌गायत्री मन्त्रं

धनाढ्यो भवतु बुद्धिमान् भवतु

दरिद्रो भवतु....................

त्रुटितपतितवाताटस्य

संलग्ने परमानन्दं हर्षमनुभवति

तत्तु अपूर्वानन्दमेव

त्रुटितपतितवाताटस्य

आकाशानुभवं अस्ति

पवनवेगज्ञानकौशलं अप्यस्ति

आकाशे सकृदुत्थाय

तत्र क्षणकालं स्थित्वा

स्वाक्षिभिःदृष्टानुभवमेव प्रमाणमत्र ।

वाताटः

मम प्रयाणं तु सूर्योन्मुखी एव

वाताटस्य अशवः सूत्रे

वाताटपरमशिवः आकाशे

तच्छूत्रस्तु मम हस्ते

मच्छूत्रस्तु परमशिवहस्ते

वाताटनिर्मितवायुमार्गमेवैतत्

शिवः हिमालये अस्ति

शिववाताटस्य स्वप्नं

नरस्य स्वप्नात् पृथग्भूतम्

श्रेष्ठम् ।

वाताटः उड्डयते शिवाङ्कं लक्ष्यीकृत्य ।

परं नरः अधोपविश्य ग्रन्थीन् निष्काशति ।

कार्गिल्

कार्गिल्

पुराऽपि अगच्छम्

टाइगर् हिल् व्याघ्राचलम्

पुरापि अगच्छम्

परं तदा तत्र

राजातिराजस्य

श्वेतमौनम्

आमनःपूर्वकमपश्यम् ।

परमद्य तु

प्रत्येकं गिरिकूटाग्रम्

गर्जितम्

विस्स्फोटशतघ्नी

शब्दैः ।

तुहिनगिरिमण्डलानाम् उपरि
ज्वलदग्निरिव
जवान्सैन्यं
अपश्यम् ।

अत्र
प्रत्येकसैनिकस्तु
कृषीवलः
क्षेत्रकर्मचारी
स्वक्षेत्रं कर्षयित्वा
अद्य वर्तमानदिनमुप्तवान्
तदुपरि स्वरक्तं
सिञ्चितवान्
येन स्वभविष्यत्कालं
न परिशुष्येदिति ।
प्रत्येकसैनिकलोचने

स्फुरित
शतकोटीस्वप्नान्यपि
मया अवगतम्
स्वलोचनपक्ष्मैः
स्वमरणं हस्ते
सुष्ठुगृहीत
वीरानपि अपश्यम् ।

कालः मृत्युदेवः एव
तद्वीराणां पादस्पर्शचुम्बनम्
दृष्टवान्
ज्वलदग्निस्फूर्तिरिव
वीरसैन्योष्णश्वासैः
द्रवीभूतहिमस्तु

पयस्विनीव प्रस्रवति

वहति

तज्जलप्रवाहे

मिश्रित

मधुर जलप्रवाहः सुजलाम्

स्वादिष्टफलानि सुफलाम्

भारतचिन्तनस्रोतस् प्रवहति ।

तच्छ्रोतसः गर्भात्

स्फुटन् बहिरागच्छति

वन्दे मातरम् गीतम् ।

क्रियापदम्

मम सन्निकर्षे
पदानां वर्तुलाकारं लिख
अनन्तरं तद्वर्तुलं चतुरस्रं कुरु
अस्मिन् वर्तुलचतुरस्रे नानावर्णाः
श्वेतवर्णलकुटाः इव सन्ति
पदानि
लुटनशीलश्वेतवर्णगोलाः इव
काचनिर्मितानि पदानि
सत्यपदानि तु अश्रूणीव
तानि विरामचिह्नानि
विशेषणपदानि उद्धृत्य
परितभूतलक्ष्मणरेखां आलिख
राम सीमान्तं आलिखत।
नामशब्दानि परितः रमत

सुन्दरबिन्दुयुक्तचक्रखेलनं कुरुत

क्रियापदानां मध्ये

असीमगोलाकारं आलिखत ।

मूर्च्छा

"अनृतं भाषयेत काकः तुदेत्"
तेनैव सत्यभाषणं नियतावश्यकं अभूत् किम्?
सत्यभाषणं मम गौरवप्रदबलम्
न तु नियन्त्रणम्

सत्यम् न भाषयेत
कोकिलमधुरध्वनिस्तु
मृतमीनं काकः स्वचञ्चुना तुदन्
नीरसकरणनिभमेव ।

किम्वदन्तीभिः भरितसमाचाराः
प्रभातकृष्णवर्णसूर्यमिव बहिरागच्छेत्।
सत्यप्रभृति आसत्याग्रहम्
अस्माकं प्रयाणे

मिलन्ति पङ्गवः एव

पादहीनस्वरूपाः

ये शून्यभराः एव ।

गतिगीतम्

गोष्पदोत्थितधूसराः रजकणाः

गृहं प्रत्यागतपशूनां सन्ध्याकालसूर्यश्वासं कियत्कालं निरोधयेत्?

सूर्यस्य तीव्रश्वासं

शीतकालप्रभातसमयं कियत्कालं अभिप्रगाहते

भासमानमध्याह्नसूर्यः

कृष्णमार्गं कियत्कालं तुदन्नाशयितुं शक्यते

अद्य तावत् विश्रमय, विरमय.........

मम शुष्कीभूतकेदारे

शुष्ककाष्ठारोहणं विरमयत

नवनीतनिभकोमलपदेषु एतानि

शुष्ककाष्ठानि रक्तपानकरणपूर्वमेव

प्रथमं तावत्तद्विरमयत

घटं वहन्तीकन्या चलनसमये
तदुपरितः प्रवहमान किरणसमूहोत्थितं
गीतं गातुम् इच्छेयम् ।
मध्याह्ने श्वेदभूषित कृषीवलानाम्
मौक्तिकाभश्वेदं प्रकाशयताम्
शस्यानां गीतं मया गातव्यम्
नवनीतवत्घृसृणपेशलशिशुपद्भ्यः
उत्थापितरेणुकणेभ्यः
सायं गृहगोष्टप्रतिनिवर्तन्तगोपदोत्थितधूसरान्
पृथक्कृत्य दिद्दक्षेयम्

तत्पदधूसरेभ्यः
चित्रसङ्कलनं कर्तव्यम् ।
तच्छलनं चित्रे लेखनीयम्
उद्गमनरूपमेकं स्रष्टव्यम्
तच्चित्रपटे रूपे एवं वर्णे

कलङ्कमस्ति

तत्कलङ्कं
तु अस्माकं प्रगतिमार्गस्य
विकृतरूपं भवति
तत् अन्यत् किञ्चिन्नास्ति
अस्माभिः ....
रूढशुष्ककाष्ठारोहणवैशिष्ट्यकर्मफलमेव ।
नवनीतनिभपदाघाते
उत्थापितरजसैव
तद्रक्तद्रवेण
आलिप्ताः
तदेव कलङ्कहेतुः ।

अस्माकं प्रगतेः सुप्रगतेः
अभिज्ञानमेवैतत्

अद्य तावत्............................
कलङ्कस्य रूपधारणं विरमयत।

मम तु मध्याह्नतीव्रोज्वलन्तगभस्तिमतः
गीतं गेयम्
तद्बालकानां मुखलावण्यं द्रष्टव्यम् ।
यूयमपि शनैः शनैः पश्यत प्रतीक्षन्

अथ चित्रपटसंचयने कलङ्कं न भवेत्
हा! हन्त! इतः पूर्वम्
कियद्बालकानाम् रक्तम्
काष्ट्दहनार्थम् प्रसृतं भवेत्!

अत एव मयोक्तम्
काष्ठवपनं विरमय!
तद्गतिस्तस्य
औन्नत्यगीतं मया गेयम् ।

रासगर्भा

गायकस्य गर्भा भवेत्
अनुगायकानामपि गर्भा

गर्भा तु गुजरातगौरवसंपत्तिः ।

भ्रामरीणां गर्भा भवेत् नटानामपि भवेत् गर्भा

गर्भा तु गुजरातगौरवसंपत्तिः ।

सूर्यचन्द्रौ गर्भा भवेत् ऋतवोऽपि गर्भा भवेत्

गर्भा तु गुजरातगौरव संपतिः ।

दिवा गर्भा भवेत् रात्रिः अपि गर्भाभवेत्

गर्भा तु गुजरातगौरवसंपत्तिः ।

परंपरा गर्भा भवेत् प्रकृतिरपि गर्भा भवेत्

वेणुः गर्भा भवेत् मयूरबर्हा गर्भा भवेत् ।

मतिर्नः गर्भा भवेत् सम्मतिरपि गर्भा भवेत्

वीराणां गर्भा भवेत् धनाढ्यानां गर्भा भवेत् ।

देहं गर्भा भवेत् जीवोऽपि गर्भा भवेत्

रासगर्भा तु घुसृणभासुरलीला भवेत् ।

साध्वी गर्भा भवेत् गतिः अपि गर्भा भवेत्

गर्भा तु नारीणां पुष्पराङ्कवमेव नूनम् !

गर्भा सत्यं स्थिरा भवेत् गर्भा अक्षता भवेत्

गर्भातु मातुः शिरोविभूषणं सिन्धूरं एव ।

गानम्

पतत्रिणः पङ्कान् विस्तीर्य गीतं उद्गायन्ति
तन्नादौ पिकः च बुल्बुलश्च गायतः
तयोः पङ्कैका भूमौ जीवति
अन्या तु माति आकाशम् ।

मम कागजे सूर्यं आलिखितवान्
तत्र पूर्णचन्द्रमपि लिखितवान् ॥
मदीये कागजे पादपमेकमारोहति
तत्तरौ शादहरितप्रवालाः
बन्धुजनस्मृतिग्रावाणमेकं क्षिप्तवान्
प्रसृतजलं तत् मीनमिव स्पन्दितुं प्रयत्नमकरोत् ।

पार्श्वैके मरुभूमिः पार्श्वेतरे समुद्रजलौघम्
पार्श्वत्रये पङ्क्तिप्रसृतनदीवेणीः

मन्हृदयेपरब्रह्मावलोकनतीव्रेच्छा

तत्तु शमयितुं न शक्यते

मल्लोचनेन आकाशं वहन्नुपरि चलेयम्

अहं भूमौ अञ्जलिबद्धकरः भाषयेयम् ।

पुष्पगुच्छम्

गाढगंभीरगर्तं उदभूतं ननु
मनुष्येषु परस्परं स्पर्धासूया
प्रतिक्षणं कियन्मारणताडनम्

अहं तु सेतु भवितुं इच्छेयम्
प्रेमैकैव कारणं भवितुं इच्छेयम्
मनुष्येषु ऐक्यभावं यदि भवेत् तदा
निरन्तराश्चर्यार्थयुक्तक्षणं भवेन् ननु?

गोमयधूसरे लुटनेन किं प्रयोजनम्?
पाटलरोजाकुसुमारोहणं वृथा न भवेत्
कंटकयुक्तनिष्पुष्पबन्ध्यावृक्षकान्
दूरीकरणेन पुष्पगुच्छमेकं नः प्राप्तम् ॥

गौरवम्

मम गौरवं अनवरतं अस्ति

यतः अहं मनुष्यः हिन्दू ।

तद्भावयेयं प्रतिक्षणम् ।

आस्तीर्णोहम् सर्वत्र व्याप्तवानहम् ।

सर्वत्रास्मि

सागरोपमितवानहम्

कमपि न निरादरेयम्

सर्वान् योजयेयम् ।

मानवताभावयुक्तजनसमूहसहवासं एव इच्छेयम्।

नर्मदा जलं मद्रक्ते अस्ति ।

पुष्पोपरिगतजलबिन्दुः अहम्।

मम गौरवं अनवरतमस्ति

यतः अहं मनुष्यः हिन्दू

लोचने न विशाले भवताम्
परं वीक्षणं तु तीक्ष्णं सर्वत्र व्याप्तम् च
संप्रदाय कुमार्गं नादरेयम्
परं नानानवनवबोधनकलाशाला इयम् ।
सूर्यमेघग्रहनक्षत्र इति
सर्वे मदाकाशशशीरेवाहम् ।
मम गौरवं अनवरतमस्ति
यतः अहं मनुष्यः हिन्दू

त्यज

कायां त्यज मायां त्यज
वस्तुछायामपि त्यज
दुर्गं विघट्टय नीडमपि भिन्धि
स्वप्नकोमलतामपि त्यज ....

रात्रिः परिभ्रमति रजनी भ्रमति
रात्रिः एकान्ते प्रजल्पति
तद्भाषणं त्यज, तदर्थं च त्यज
भ्रमस्य मूलमपि भिन्धि

यदि कोऽपि नास्ति तद्भवतु
कोऽपि नास्ति एव
कटोरपरिश्रममपि परित्यज
नास्तिमार्गराङ्कवेण आवरणं कुरु

न ज्ञातम्

सूर्यं बहु इच्छेयम्
स्वरथस्य सप्ताश्वरश्मीन्
स्वकरे गृहीतवान्
परं कदापि तदश्वेष्वेकमपि
कशया ताडितवानिति अश्रुतपूर्वम् ।

तथापि
सूर्यमतिः
सूर्यगतिः
सूर्यदिशा
सर्वं समीचीनमस्ति
तत्र प्रेमैवैककारणम् ।

छत्रछाया

जयं प्राप्नुयाम यदा तदा ईर्ष्यापात्रं भवेम
पराजयं प्राप्नुयाम यदि तर्हि करुणापात्रं भवेम
परमहं तु
जयपराजयमतीत्य तीरत्रये तिष्ठेयम्
भीतिः मन्निकटे कदापि आगन्तुं न शक्यते
पामरस्य कुतो शोकः
संपूर्णायुं क्षपयित्वा एव मरणीयमिति मम तीव्रेच्छा
भगवतः छत्रछायायां प्रतिदिनं अध्येमि
अहं तु नियतान्तेवासी एव
जयं प्राप्नुयाम यदा तदा ईर्ष्यापात्रं भवेम
पराजयं प्राप्नुयाम यदि तर्हि करुणापात्रं भवेम

निन्दा नाम लवणतोयनिधिः
प्रशंसा इतिमधुसिञ्चित मधुरवाक्

उभयमेव सैनिकस्य वृथैव
अस्माकं वार्तां पूर्णमवगच्छ
रणभूमौ अपि मद्गात्रं न कम्पितव्यम्
इत्येव मत्प्रार्थना ।
जयं प्राप्नुयाम यदा तदा ईर्ष्यापात्रं भवेम
पराजयं प्राप्नुयाम यदि तर्हि करुणापात्रं भवेम

मधुरवसन्तगीतम्

अन्ते आरम्भः आरंभे अन्तः
शरत्कालान्तरङ्गे वसन्तः मधुरं गायति
षोडशवर्षीयपर्वे कोयललययुक्तमधुरकूजनम्
न जाने केसरपादपः कस्योपरिप्रेमजालं वितरति।
बाह्यदर्शनमात्रे दरिद्रः सत्यमेवान्तरङ्गे धनाढ्यः
शरत्कालान्तरङ्गे वसन्तः मधुरं गायति

अस्मिन्वनान्तरे अद्य कस्य विवाहोत्सवः
प्रत्येकवृक्षस्योपरि दीपज्वलनम्
सन्तः वितरन्ति आशीर्वचनानि
शरत्कालान्तरङ्गे वसन्तः मधुरं गायति

भवतामेव अभिनन्दनम्

त्वं ग्रावाणं जलं वदेत्
जलं ग्रावाणं वदेत्
वा जलधरं आकाशसोपानमिति वदेत्
प्रायः कमलं कण्टकवृक्षकं वदेत्
तेन कस्मै अपि कमपि बाधा न भवेत्

किंवदन्तीः सत्यमित्यपि ब्रूयाः
तथैव दिनं रात्रिः इत्यपि वदेः
वसन्तं शरदिति च वदेः
सागरं मरुद्भूमिः इत्यपि वदेः
जीवन्तं मृतमिति च वदेः

ते सर्वे तव वाक्पटुत्वेन कल्पितम्
तव मम धन्यवादाः

प्रकृतिः तु यथा आसीत् तथैवास्ति

स्वस्थः एवं तटस्थः

चित्रमतीत्य

मच्चित्रे अहमस्मि, नास्मि च
मद्विज्ञापनपत्रे पोस्टरे अहमस्मि नास्मि च

अत्र विरोधो नास्ति विसंवादं नास्ति
विरोधोऽस्तीति च न ज्ञातम्

चित्रं आत्मा इव नास्ति
तत्तु जलेक्लेदयति
अग्निना दग्धो भवति
यदा तत् दहति, अथवा क्लेदयति तदा
मम किञ्चिन्न भवति
अतः मच्चित्रे आहोस्वित् मद्विज्ञापनपत्रे वा
मदन्वेषणमायाप्रयत्नवृत्तिं त्यज - मा कुरु

अहं तु मदात्मविश्वासमादृत्य अत्रैव पद्मासने उपाविशेयम् ।

मद्‌वचने मद्भावनायां च - मदन्तर्गत भावनायां

एवं मत्कृतकर्मभ्यः मां अवगच्छ ।

मद्‌कर्मैरेव मज्जीवनकाव्यं भवेत् ।

काव्ये अस्मिन् सुछन्दः अस्ति । लयमस्ति

तालमप्यस्ति ।

प्रवेशद्‌वारे तीक्ष्ण कर्मणां

भवतां सर्वेषां मया अर्पित

सहज निष्कारण शुद्ध पवित्र प्रेमसारमेव

मत्पर्यन्ङ्कगीताचारम्

मां मद्रूपे मा गणय

मम स्वेददुर्गन्धे मां अवगच्छ ।

योजननिकरराशिमध्यस्थलमेव

मम विरामस्थलम्।

मच्छब्दनादेनैव मामवगच्छ

मल्लोचने त्वत्प्रतिबिंबमेवास्ति ।

दृश्यम्

घनवृक्षभरितोपवनम्

तत्र कस्मिंश्चित् तरुमूले उपाविसं अहम्

शादहरिततृणं पवने डोलायते स्म

पतङ्गाः पङ्कान् उद्घाटयन्तः नर्तन्ति स्म ।

भ्रमराः रीङ्कारनादेन

कुसुममधुं आस्वादयन्ति स्म ।

मल्लोचने दृश्येऽस्मिन् संलग्ने

सन्ध्याकालमभूत् ।

वृक्षस्तु मय्यागतम्

अन्धकारे कुसुमानीव नक्षत्राणि विकसन्ति स्म ।

चित्रपतङ्गपङ्कानादृत्य अहं वायौ तरन् डोलायमानः अभवम्।

चित्रपतङ्गाः क्ष्मीलन्तीव शनैः शनैः दीपं वहन्तः

अतिसौगन्धगीतं गायन्तः

ब्रह्माण्डप्रेमं आद्दतवन्तः ।

शादहारीततृणं पवने डोलायते

मत्कुसुमभरितोपवने ।

कायकर्मकाय एव करोतु

कायकर्म काय एव करोतु
मनःकार्यं मनः एव करोतु

अक्षरवर्णोद्याने सीतारामं पश्येयम्
विना वाणी वीणा नादं कुर्वति
शनैः शनैः मधुरस्वराः उद्गच्छन्ति ।

मन्हृदयं तु पुनःपुनः
एकमेव तव मधुरनाम उच्चारयति
कायकर्मकाय एव करोतु
मनःकार्यं मनः करोतु

संसारे भावनालहर्यः उद्गच्छन्ति
तनमनहृदये उच्चलन्ति

परं लोचने तु एक एव सृष्टिः सरूपं तरति

मम एका एव अयोध्या
तत्र रघुपति राघव राजारामः
कायकर्मकाय एव करोतु
मनः कार्यं मनः करोतु।

नर्मदा

नर्मदा केवलं सामान्या नदी न
नः चिरकालार्जित परिपक्वसाधना एव
निःशेषीकृताराधना
नर्मदा न केवलं भूपटचित्रस्थरेखैव
गुजरातहस्तरेखा इयम्

प्रजानां भाग्यप्रदाता
नर्मदायाः पवित्र जले
मलभरितराङ्कवं अर्पयितुं ये इच्छन्ति
तेषां प्रति अहम् कविकबीरेण शपे
इयं नर्मदा
गान्धीजी नर्मदमुन्शीमहाशयानामादरे अस्ति

सर्दार् पटेलस्य स्वप्ननदीयम् ।

प्राणप्रिया इयम्

नर्मदा अस्माकं कुलदेवता

अस्माकं कामितवरप्रदाता ।

ऋजुता

प्रारब्धं केन आद्रियते?
अभिग्रहाङ्गीकरणनरः अहम्
प्रकाशऋणं नादरेयम्
स्वयंप्रकाशज्योतिरहम्

ज्वलत्प्रकाशाग्निम्
याचमानयाचकः नाहम् ।
मत्प्रकाशमेव पर्याप्तम्

अन्धकारे जलबिन्दून् विच्छित्य
कमलनालः प्ररोहति ।
हिमं नेच्छेयमहम्
आर्जवोऽहम् ।

प्रारब्धं केन आद्रियते?

अभिग्रहाङ्गीकरणनरः अहम्

जन्मगणिकाफलं आदृत्य फलद्रष्टा नाहम्

ग्रहसन्निधौ शिरः न नमेयम्

भयत्रस्तचतुरङ्गे

अक्षक्रीडां नेच्छेयम् ।

अहं मत्कुलजः

मत्कुलाधिकारी एवाहम्।

प्रारब्धं केन आद्रियते?

अभिग्रहाङ्गीकरणनरः अहम्

साहसम्

धरणी आह्वयति

आकाशमाह्वयति

परं मार्गं तु विस्मृत मार्गम्

पार्थ साहसं एव

मानवाः बद्धाः पृथक् पृथक् तिष्ठन्ति

भेदभावेन मानवाः पृथक् तिष्ठन्ति

तेनैव मानवतां विनष्ठाः दानवाः भवन्ति

अहंकारेण घोषकरैश्च

उभयोः वैरभावं अत्यधिकं अभूत् ।

अहं भित्तिः इव मध्ये तिष्ठेयम्

सः स्वप्नसंहारं विनश्यति

आक्रोषमस्ति आक्रन्दनमस्ति

समता शब्दं वाङ्मात्रेण विरमितम्
ऐक्यभावं विनष्टप्रायमभूत्

राज्यशासनकवाटाः पिनद्धाः
आक्रोष दुष्प्लवगर्ताः सन्ति ।
अश्रूप्रवहत्येव ।
सर्वत्र गाढान्धकारं व्याप्तम्
आक्रोषमस्ति आक्रन्दनमस्ति

शरीरं क्षुधया पीडितं मनः भिन्नम्
परस्परं कोध पीडिताः
नाहमस्मि, वयम् रत्नाकरः
अरे! सहज! मन्मनो उच्चलति
भित्तिभेदनार्थम्
लोचने अङ्गारमस्ति
आक्रोषमस्ति आक्रन्दनमस्ति

जीर्णस्थले स्वप्नान्वेषणं कुरुत
जीवनार्थं स्वप्नानि नियतवाञ्चितानि
गतकालं विस्मृत्य अद्यदिने
अस्माकं मनोद्घाटनं कुर्मः
क्षितिजं - दिङ्मण्डलं विस्तरेम
निमज्जितान् तटतीरमानयेम
परस्परं सहकारं कुर्वाणाः।
नवज्योतिः अवतारमादरति
आक्रोषमस्ति आक्रन्दनमस्ति

चित्रपतङ्गाः

पुष्पोपरि उपविशते सहसैव उड्डयते
चित्रपतङ्गस्तु वर्णेषु निमज्जति

नातिदूरैव सौगन्धपूर्ण कासारः
तत्र पतङ्गः प्लव इव प्लवते
सुखरूपिसूर्यः उदितवान्
पुष्पोपरि उपविशते सहसैव उड्डयते

इत्थं गमनागमनहेतुना जीवनं अद्भुतं भवति
जनमितः मरणानन्तरमपि स्मृतौ जीवति
पेशलतन्तुनिबद्धजालः न त्रुटति एव
पुष्पोपरि उपविशते सहसैव उड्डयते ।

परिचयः

समयानुसारं मम परिचयः अहं मधुमक्षिका
शिशिरौ प्रभातसूर्यः परमन्तरङ्गे तु वैशाखोऽहम्

भ्रमरीभूतहेतुना अत्रकुत्रापि भ्रमेयम्
कदापि अचंचलः कुत्रापि नोपविशेयम्
पुष्पोपरि पङ्खान् विस्तीर्य
यदि उपाविशेयम्
तर्हि सौगन्धं मयि सङ्क्रमितं भवति ।
मन्दपवने डोलायमानरोजाकुसुमं भवेयम्
समयानुसारं मम परिचयः
अहं मधुमक्षिका ।

उद्यानं यदि भवेत् तदा आकर्षणमपि भवेत्
एतत् विविध वर्णानां लीलैव

मन्मार्गं तु न प्रतिष्ठितमार्गम्
यथेच्छमार्गं अनुसरेयम्
बाह्यावलोकने अहं अकिञ्चनदरिद्रः
परं चित्ते तु अहं राजाधिराजः नूनम् ।
समयानुसारं मम परिचय:
अहं मधुमक्षिका

यदि उपलं भवेत् तर्हि तत्तु निवारयेत्
मध्ये दूरान्तरायं भवत्येव
परं तेनैव सोपानं रचयेयम्
तदारुह्य गिरिशिखरं
प्राप्नुयाम् ।
सदा अहमेव मद्देवः
मित्रोऽहं सर्वेषाम् ।
समयानुसारं मम परिचय:
अहं मधुमक्षिका

पारदर्शकः

अमावाश्यायाः रहस्यमौनम्
क्ठोरापराधिनाधृतमौनम् वा
परं अहं तु किमपि नादरेयम्
निश्चलाकर्दमजलप्रवाहमिव
अस्मि अहम्
परं तत्प्रवाहोत्सवं किमिति
जानेऽहमेव
मृगतृष्णिका
इव
कूपमण्डूकान्
स्वर्गभ्रान्तिः
भ्रान्तिभेदमपि
आलोच्य सुष्ठु जानीयामहम्

अन्यायसमक्षे लोचनोच्चलनम्
न्यायसमक्षे शिरोवनमनम्
सर्वं मानुषाणामेवास्ति यतः
पश्यतां नास्ति तस्मै लज्जा ॥

प्रतीक्षा

आकाशे सूर्योपलमुदितम्
आदिनं तु कन्थोपमितम्
शुष्कावस्था अभूत्
उष्णवायुः वृक्षोपरि
सर्वं विनोदमेव ।

मध्याह्नं शनैः शनैः क्षयरोगीव कांश्यते
सन्ध्यावेला आगता
तिमिरान्धकारे
कृष्णरजसः सर्वत्र वितरिताः

सूर्यकान्तकुसुमस्तु आरात्रिः
श्वोदयमानसूर्यं प्रतीक्षमाणः आसीत् ।

किमर्थम् कदा ?

सूर्यपुष्पोत्फुल्लनार्थम्

प्रभुकृपा

हे प्रभो!

मां वा लोकमिमं वा अहं

आनन्दभरितं कर्तुं शक्नुयाम्

आहोस्वित् न शक्नुयाम्? न जाने

परं कदापि तव मनःक्षोभं न कुर्याम् ।

त्वत्कृपया कंटकमपि कुसुमेन परिणमति ।

छत्रमपि नास्ति

वर्षा तु अविच्छिन्नेन वर्षति सति

आतपरूपेण त्वं मय्यभ्यागच्छसि ।

ऋतुः आगच्छेत् प्रत्यागच्छेत्

प्रत्यागच्छेत् या आगच्छेत्

परं मय्यन्तर्गतऋतौ सन्ततं वसन्ताभां एव

सूक्ष्मरूपेण प्रयच्छसि ।

प्रभूतं प्रयच्छसि सर्वं
परं त्वं च मां च
उभौ एकमेव प्रश्नं प्रष्ठुमिच्छामि
त्वां प्रमोदभरं कर्तुं मया किं करणीयम्
किमकरणीयम् ।

प्रयासः

शिरोऽवनमनावस्थां प्राप्नुयामिव
कदाचित् किमपि न कुर्याम् ।
उन्नतशिखराचलमिव अचञ्चलः स्थिरः तिष्ठेयम्
नदी प्रसन्नसलिलैः प्रसरति ।

वाग्विभूषणशब्दाः न
मन्मनागतशब्दाः एव ।
पृथ्वीं प्रीणामि
मौनगीतं करोमि
कलाचारगीततालालये
शताब्धिः अयं किञ्चिद्गीतं गायत्येव ।
शिरोवनमनावस्थां प्राप्नुयामिव
कदाचित् किमपि न कुर्याम्

मम प्रत्येककर्मण्यपि ईश्वरप्रसादं आधारमस्ति
यो न अपराध्यति सः कदापि न बिभेत्येव
सर्वेषु विवरणेषु सद्वृत्तिः भवेन्नूनम्
यदुक्तं तदेव आचरेयम्
कदापि हानिर्न भवेदेव ॥
शिरोवनमनावस्थां प्राप्नुयामिव
कदाचित् किमपि न कुर्याम्

प्रार्थना

जनसमूहो भवतु, उत्सवो वा भवतु

मामकाः भवतु, सुहृदः वा भवतु

सर्वेषां स्वागतं कुर्याम्

मन्नीडे । मत्कुटीरे ।

द्वाःस्थतोरणमालायां लिखितम्

'सत्यस्य स्वागतम्' इति

सत्यं शत्रुः भवतु

असमः अपि भवतु

कुसुमोद्यानसौगन्धात्

खाददुर्गन्धं उत्तमं विशिष्यते च

समो भूत्वा शत्रौ अपि सत्यस्वरूपावलोकननैपुण्यं

प्राप्तवानहम् ।

समभावस्थः तटस्थः अहम्

किंवदन्तीः अलक्ष्यकरणार्थं यद्विवेकं

अपेक्ष्यं तन्मय्यस्ति

लोकापवादैः विना जीवनं शक्यम् किम्?

समासमयोः मध्ये तिष्ठन्

सत्यावलोकन क्षमता

मय्यस्ति नूनम् ।

सत्यं जनानुजनं परिवर्तितः
भवति

सत्यं परिवर्तयत्येव ।

अहं तु सत्यसमीपे
वस्तुमिच्छेयम्

मम प्रकाशप्रदाता सूर्यः सः
एव सत्यम् ।

मज्जीवनमेव गायत्रीमन्त्रम्

प्रतिक्षणं मया इदमेव
प्रार्थयते..

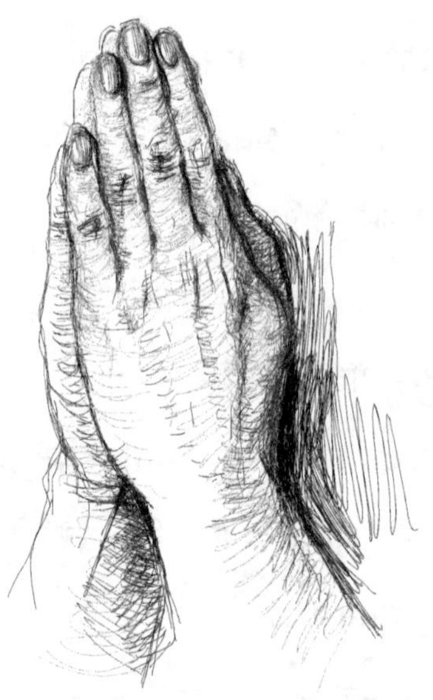

प्रेम

जलबद्धश्रृङ्खलैव मत्प्रेम
बद्धुं न शक्यते दुर्लभबन्धनं च

येनकेनापि शपेनोक्तं यत् तन्न रोचते मम
तेषु मन्मनो न रम्यते एव
संपूर्णरात्रिः शैत्येन व्याप्यते प्रेम परम्
तत् बन्धने नागच्छेत् दुर्लभबन्धनं च
बद्धुं न शक्यते दुर्लभबन्धनं च

शिशिरस्तु कदापि मुष्टिगतं न भवेत्
प्रवहवातस्य नीडे निक्षेपणं साध्यं किम्?
नानारूपमेत्यभ्रमणशीलमेघं इव सर्वत्र व्याप्तं मत्प्रेम
तत् बन्धने नागच्छेत् दुर्लभबन्धनं च
बद्धुं न शक्यते दुर्लभबन्धनं च

नीहारमागच्छेत् वा आवृणोत् वा
सूर्येन तत् किञ्चिदपि न गणितम्
इदम् मत्प्रेम तु राजहंसेव तरेत्
मुक्ताहारे शून्यकं बद्धुं शक्यते किमु

संघर्षः

प्राप्तुमुत्तुङ्गगिरिशिखरं प्रयतितवान्
परं प्राप्तवानहम् ग्रावाणं एव
पुष्पितकुसुमोद्यानं प्राप्तुं प्रयतितवान्
परं प्राप्तवान् आमार्गं कण्ठकानेव
चिरकालप्रसृतां नदीं अभ्येतुम् ऐच्छम्
परं प्राप्तवान् जलबिन्दूनेव
मध्याह्नज्वलद्भास्करः सुदूरे एवासीत्
परं छाया तु लिखितचित्रमभूत् ।
आकाशे चन्द्रमां ग्रहीतुं प्रयतितवान्
परं वियदेवविनष्ठवानहम्
महासागरलहर्येका तटमागता
परं तस्याक्रन्दनं किमर्थम्? न ज्ञायते. ॥

मध्यरात्रौ

मध्यरात्रौ पिकः कूजति, हृदयं उद्घाटयति
पिकं किं ब्रूमः ?
अन्तरङ्गं बहिः प्रकटयितुं शक्यते किम्?
पयःस्रोतसं तत इतो प्रसरितुं शक्यते किं?
भावान् बहिः प्रकटीकर्तुं शक्यते किम्?
तुलायां तोलनमापनं कर्तुं शक्यते किम्?
पिकं किं ब्रूमः?

अस्माकं वेदनां वयमेव जानीमः
विश्वासपात्रीभूतमानवः कोन्वस्ति?
पिनद्धकवाटः कं उत्थापयेत्
मृगतृष्णिकापरीक्षणमेवैतत्
पिकं किं ब्रूमः ?

मन्मनः

मन्मनसि दावाग्निः उज्ज्वलितः
अङ्गप्रत्यङ्गे अग्निः
मरुभूमिमध्ये अन्विष्येयम्
सौगन्धपूर्णोद्यानम्

सुखिनं दृष्टवान् दुःखिनं दृष्टवान्
रोगिणं दृष्टवान् भोगिनं दृष्टवान्
माया कं त्यजेत्?
कस्य कायः सदा निरोगः भवेत्
प्रत्येकतन्त्र्याः झलझलनादं
मधुरगीतं उत्थापयति ।
मन्मनोविचारं कथयेयम्
अद्य तावत् जागृहि

कंटकान् निष्कासितवान्

कोमलपुष्पतल्पमपि रचितम् ।

शुष्कक्षेत्रे

इन्द्रधनुषं निरोप्य

मद्भाग्यललाटे

प्रस्वेदतिलकं अन्विष्यते ।

मग्नमनः

आकाशम्

स्वहस्ते परिष्वङ्कितुं यत्प्रयत्नं
आदरति

तज्जलावर्तसागरम्

तन्मम प्रेरणास्फूर्तिः

तदेव मद्यौवन

शक्तिश्च स्फूर्तिश्च ।

अत्र नादस्वरं वादयति

जयभेरीमपि ताडयति ।

गिरिशिखरे

आलयमेकं निर्माति

कस्मिंश्चिदपि तीरं अविगणितसागरं न तच्छागरम् ।

यदि अस्मासु प्रतिग्रहण शक्तिः भवेत्
तदा हस्तौ प्रश्रयेम
सागरेण हस्तयोः
अर्पितानि फेनकुसुमान्येव ।
तत्र उपवनसौगन्धम्
प्रसरति पुष्पेऽस्मिन्
नदी स्वस्वरूपं विनष्ठीभूय
सागरे मिश्रणवियोगवेदनैव ।

सागरे संक्रमित नदीबाढम्
कदापि पृथक् कर्तुं न शक्यते ।

मया अचलमिव अचंचलः स्थातुं शक्यते
कोमललहरीयुक्तजलधिमिव लहरायितुं शक्यते
युष्माभिः मां
मुद्गरेण उत्कीर्य रूपवान् कर्तुं शक्यते

अथवा कुरूपवानपि कर्तुं शक्यते
जलमिव मां
यत्किञ्चिदपिरूपेण निर्मातुं शक्यते

आदरेत हस्तेषु
मनःक्लेश सूचिकाम्
सौहृदमुद्गरं च
क्षितिजैव भित्तिः
छद्म आकाशम्
जनौघं
हारीतनवसृष्टिः
इदमेव मद्गृहरचना
व्याप्तमद्विशालहृदये
संपूर्णसृष्टिः ।

मन्त्रम्

शरद्यामिनी........सैकतमरुभूमिः
प्रत्येकसैकतधूल्यां कनककणाः
प्रतिक्षणं तत् सौन्दर्यम्
तेषां बन्धुत्वं शाश्वतं संस्थापयति

गतिशीलसंसारेऽस्मिन् प्रतिक्षणम्
आगच्छति निर्गच्छति च
प्रस्रवज्जलम्
भासमानप्रकाशम्
वायुलहरीः
सुमनस्सौगन्धम्
ज्वलद्दीपम्
सर्वं तदनुभवितुं शक्यते
संसारेऽस्मिन् गमनागमनमित्थं भवति

परं तेषां विलासं न ज्ञायते न श्रूयते च

गतदिनसायङ्काले जीवनं स्तब्धं यद्यभूत्
तदपि पुनराप्तुं शक्यते प्रायः
आगामिक्षणे विश्वासरूपदीपज्वालनं कर्तुं शक्यते
अंधकारः प्रकाशाधरामृतं आश्वादयितुं शक्यते ।
कालक्षेपे प्रतिक्षणं स्तब्धी कर्तुं शक्यते ।

कियन्ति क्षणानि जीवदशायां प्राप्तानि मया
कियन्ति क्षणानि सत्येन जीवितं मया
तत्र कतिपय क्षणानि स्तब्धानि एव ।
प्रत्येकश्वासे सुगन्धमस्ति
प्रत्येक भाषणे प्रेमास्ति।
भूतकालसायङ्कालस्मरणमस्ति ।
स्तब्धाश्रूणि प्रवहेदिति विश्वासमस्ति
सुप्तस्वप्नानां नवप्रभातं अस्ति ।

यन्त्रमयजीवने

सौन्दर्यमन्त्रं नवविचित्रमन्त्रं प्राप्तम् ।

अम्ब प्रसीद

मन्मनकुटीरके उपाविशमहम्
अम्ब मां करुणया उत्तेजय
प्रसीद माम्
बलं देहि मे
शक्तिं देहि मे
अथवा मार्गमध्ये तिष्ठेयम्
मद्व्रतं एकमेव
मम भवत्याः इच्छाः
मम भवत्याः आह्लादाः
मन्मनकुटीरके उपाविशमहम्
अम्ब मां करुणया उत्तेजय

त्यक्तवान् रागम्

विरागम् प्रार्थयेऽहम्

पुष्पेषु न ममास्ति माया

सौरभ्यछायाऽपि न

त्वत्समागमे कियन्ती चित्रवर्णानि

तत्सर्वं मदीयैरेव

अन्यदीयाः इति न मन्येऽहम्

मदम्ब! शक्तिप्रदाता त्वमेकैव

मन्मनकुटीरके उपाविशमहम्

अम्ब मां करुणया उत्तेजय

मत्पन्था वीरपन्था

त्वत्कृपा तु असीमा

मज्जीवने एकैवास्ति तत्तु त्वद्प्रसादम्

मज्जीवनजलधौ द्रोणी त्वमेव

प्रायः तन्महोदधिः अपि कदाचित् प्रलापयेत्

परं तदवस्थायामपि नाहं प्रलपेयम् हा! इति ।

मन्मनकुटीरके उपाविशमहम्
अम्ब मां करुणया उत्तेजय
कदाचित् उद्यानं शुष्कीभूतम्
कुसुमान्यपि यदि म्लायेत
उद्यानकारः ह्रिया लज्जेत
तदा अश्रूणि सिंचय
दुर्गुणान् मा गणय
इत्थं पुष्पैः मालामेकां रचय
तदा तस्मात् भगवत्स्वरूपं आविर्भवेत् ।

मन्मनकुटीरके उपाविशमहम्
अम्ब मां करुणया उत्तेजय

माया

रिक्तकागजैव मन्माया
रिक्तकागजं यदि पश्येम
तत्र कियन्ती प्रच्छन्नमुखानि

रिक्तकागजे मेघमुखम्
मेघं यदि वर्षति चेत् तत् हरीतघासः
नानादिशासु वृक्षाणि गिरयश्च दृश्यन्ते
लोचनैः श्रूयते वायुश्वासैव
ममेतर इति नास्ति कश्चित्
मौनं एव एतज्जातम्

भ्रमरचित्रपतङ्गखद्योतैः
कल्पितैका पर्णशाला
तत्कागजाघ्राणने तस्मात्

आगतं प्रश्रितं जलधिवर्षासौगन्धम्

मया प्राप्ता स्निग्ध छाया

अदृष्टछायाऽऽवृतोऽहम् ॥

उत्सवमेलनम्

जनौघं उत्सवे परिणमितव्यम्
तदेव मज्जीवनलक्ष्यम्
इदमेव मज्जीवनकर्म च ।

उत्सवकाले जनाः सञ्चरन्तः एवं
मिलन्तिश्च
समयं सदलङ्कृतं कुर्वन्ति ।
अस्तीति विश्वासं आप्तवानहम् ।
नास्ति नास्तीति वचनम् दूरीकृतवानहम्
गृहमेव जीर्णं भूत्वा अवसीदतु
तस्य आधारदाता भवेयमहम्

मनुष्यपृष्टे माधवः अस्ति
मनुष्यपृष्टे राघवः अप्यस्ति

मयि रमणीयवेणुः अस्ति
मयि शिवधनुरपि अस्ति ।

ईश्वरासुराणां मध्ये
अहमेकः मनुष्यः अस्मि ।
मानवःभवनमेव वैशिष्ट्यम्
भूलोके स्वर्गदर्शनमेव
ममेच्छा
महानिधिरेव भवतु
तदुत्सवमेलौघं भवतु ॥

यात्रा

गतकालातीतमार्गे मया पुनः सुदूरं गन्तुं शक्यते
प्रत्येकं वदनं स्मृतिपथे आदृत्य परिचयं दातुं शक्यते
अतिक्लिश्य स्मृतिपथाकर्षणावश्यकं नास्ति ।
सामान्यतः सुष्ठु द्रष्टुं शक्यते एव
अभिज्ञानं निर्दिश्य अवगन्तुं शक्यते ।
वार्ता सरला सहजा एव
यैः साकमहं कर्म कृतवान् तैः
अपि मद्विस्मरणं असाध्यमेव ।
अन्ते वेदनाविमर्शनानन्तरं
यात्राऽपि विरमिता ।

रहस्यम्

शर्वरी समये
कृष्णचीलधर
वृक्षदर्शनं न रोचते
मह्यं
परमहं वृक्षान् पश्येयम्
सूर्यरोश्न्यां प्रफुल्लितान् ।
मध्याह्नातपं सहन्तः
कुसुमदलोद्घाटनेन पतत्रिव्याप्तसुगन्धयुत
वृक्षदर्शनमेव मह्यं रोचते ।

प्रभाते पादपानां परमहर्षम्
मध्याह्ने पादपानां युवोल्लासम्
सन्ध्याकाले पादपानां संस्फुरणम्
एभिः मम प्रत्येकरोम्णः

आच्छादनमेव मह्यं रोचते ।

पादपाः मदात्मनः अन्तःकरणानि
तच्छयायां स्वपिमि
मध्यं दिनं अत्युष्णोज्ज्वलवायुः
छाया मां आच्छाद्य धरति
पवनप्रसादं प्राप्नोमि
शनैः शनैः वर्षाजलबिन्दूनि धारयेयम्
पादपः अहं च एकार्थीशब्दौ
इदं एव परमरहस्यं

रमेश् पारेखः

> वेपमानैकान्तभावमादृत्य
> जनौघाग्निं परिवृत्यास्म
> —रमेश पारेखः

पञ्चानामुत्सवे तु अमावास्याभीतिः व्यापृतः
स्वप्नवपनपूर्वमेव हेमन्तः पादौ पीडयतः

मध्याह्नैव निश्यागमनात् अन्धकारावृते लोचने
रमेशविरहितमज्जीवनं तु शून्यजीवनमभूत्
कालः क्रूरो भवति मदश्रूण्यपि मूकीभूतानि

रमेशस्यप्रत्याहारान् नक्षत्राण्येवेति मन्ये
अमरेलीं स्मृत्वा कविताग्रामं अर्पयेयम्
कथमहं व्रणितः एतत् कस्मै निवेदयेयम्

निर्लोचनदर्पणे रमेशोपमितं पश्येयम्
पदानधिकृत्यैव कविता अनुसरणीया
रमेशचित्रं पुनरपि प्रतिमायां निक्षिप्तम् ॥

लक्ष्यप्रापणम्

लक्ष्यप्रापणे

आत्मानं विस्मृत्य

धावन् कूदन्

मध्ये मध्ये

पदस्पन्दनमपि..........

रक्तसिंचित

मार्गे पदाघातं कृत्वा

अपि च

अतिरक्तसिन्धूरवर्ण-

पादचिह्नानि पश्य ।

अश्रुमिश्रितस्मितं दत्वा

पितृपितामहानाम्

रक्तशय्योपरि

सूर्यकिरणाः प्रकाशेन भासमानः

तद्रक्तवर्णं मत्स्मितं च

मन्दी करोति ।

समयेऽस्मिन्

'अहम्' ममत्वभावं

विलुप्तम् - गलति

लक्ष्यनिकषे

तुरंगमनमभूत्।

वन्दे मातरम्

वन्दे मातरम्

सामान्य इतरकवितेव नास्ति

तत्सौन्दर्यरचनं सर्वं

स्वतन्त्रतासत्राहुतिरेव

देशभक्त्याह्वानमेव

गणतन्त्रं स्थिरस्थापनार्थं कृतोन्नतमन्त्रम्

अनवरतोन्नतमार्गोन्नयनमन्त्रमिदम्

सदा चित्ते दृढं संस्थापयेम ।

१८५७ वर्षे प्रारब्धज्योतिस्रोतस्

सत्यसंस्थापनार्थम्

कृतरक्ताभिषेकमेव ।

तन्न त्यजनीयम्

सर्वदा................................

वन्दे मातरम्...........

.... एतन्न केवलशब्दम्

अस्माकं मन्त्रमेवैतत्

स्वतन्त्रपरिरक्षणार्थमत्यन्तावश्यकम्

औन्नत्यस्य राजमार्गमेतत्

देशसञ्जीवनार्थं विरचित राजमार्गम्

प्रजानाम्

प्रत्येक सूर्योदयप्रभाते

भावोत्थापनस्वरम्

वन्दे मातरम्.

विरोधः परं विचित्रम्

पूर्णचन्द्रः उदितः
परं सागरनोच्चलनम्
आदित्यः उदितः
परं सूर्यकान्तकुसुमःस्मितविकसनं न
नदी स्वयं
सागरोन्मुखी प्रवह्य न मिलितवती
कुसुमं प्रफुल्लितम्
परं भ्रमरैः रीङ्कारशब्दं न कृतम्
घण्टा नादिता।
परं देवालयं नोद्घाटितं
दीपं प्रज्वलितम्

परं देवालये प्रकाशं नासीत्
प्रेम इत्थं विरोधाभासभेदयुक्तं विचित्रं
केनापि इदं सत्यमिति वक्तुं न शक्यते ।

विस्मयप्रभातम्

पराजयनक्तं अतीतं
जयप्रभातं उदितम्
अद्योदितप्रभातं मानयत
सप्रभाप्रभातमुदेत् स्वयं श्वोऽपि
अन्धकारभयङ्करभित्तिर्भिन्नः
शौर्यप्रभातं उदितम् ।

अद्यशपथभरितमार्गं आदरेम
रथमस्माकं रणवीररणधीरश्च
सर्वानस्मिन् समीक्रियत
स्वार्थं निश्शेषं दूरीकुरुत
सुमनसौगन्धं सर्वत्र व्याप्तम्
शौर्यप्रभातं उदितम् अद्य ।

अद्य शोककथा नास्ति
प्रलपनरोदनमपि नास्ति
झंझावातश्च सुदूरं गतः
वियत् व्याप्तं अस्ति
कंटकसङ्कटं अपनीतम्
सुमनश्शय्या विस्तृता
शौर्यप्रभातं उदितम् अद्य ।

प्रमोदं भरितम् भूमौ आकाशे च
प्रतिरोमकणे स्वप्नसौगन्धम्
हृदयस्थ रामे महाविश्वासः प्रवहतु
यस्मिन् कस्मिन्नपि मनः क्लेशं नैव
शौर्यप्रभातं उदितम्

प्रस्रवतु वेदना

वेदना प्रस्रवतु अश्रूणि प्रस्रवन्तु
कुसुमानि म्लायन्तु मृत्मिश्रितं भवतु

स्वप्नानि जले पिगलितानि
कारणं विनैव क्लिष्टग्रन्थिनः उद्भूतानि ।
अक्षिप्रकोष्ठे उपविशदश्रु
चातकमिव जलं प्रतीक्षति
वेदना प्रस्रवतु अश्रूणि प्रस्रवन्तु

क्षणविकसनेन विश्वासमपि विकसति
कारणं विनैव मनः प्रमोदभरितं भवति
मल्लोचनसरसि हंसानि रमयन्तु
वेदना प्रस्रवतु अश्रूणि प्रस्रवन्तु ।

सुखदुःखस्वप्नानि मायाकल्पितान्येव

विस्तृतकृष्णमेघछायायां आच्छादितवानहम् आत्मानम्

प्रभो! कालमेघान् स्वेच्छापूर्वकं वर्षय त्वम् ।

वेदना प्रस्रवतु अश्रूणि प्रस्रवन्तु ।

शब्दानि

मच्छब्दानि ग्रावोपमितानि
प्रस्रवच्छब्दानि कलकलरवोत्पादनजलम्
परस्परं आपूरितग्रावानद्याः कण्ठरवम्

परस्परं ऐक्यभावमेत्यापि
समाधानं भवेन्नूनम् ।
अस्मान् स्मरत्येव
असीमानन्तकालतटम्

परंपरा गाथायाः महाराजा अहम्
कल्पनाकथायाः राजमहिषी त्वम्

नद्याः तटद्वयमस्ति
एकं त्वदीयं एकं मदीयम्

कालः निरवधिः चरत्येव

वनचराः एव जानन्ति इदम्

भाषणं वेदना च ज्ञातमेव

परं अज्ञः इव अनवरतं चरति ।

सनातनपर्वम्

प्रतिदिनं सा एव सभा मनुष्यप्रवाहम्
चित्रपटसाधनं दोर्भिः वहच्चित्रपटकाराः
लोचनं तुदन्तीव अतिभासमानप्रकाशः
शब्दंबहुकृत्वंकरध्वनिविस्तारकाणि
परं एतै परवशंगतपराधीनः नाहम्
कारणं तत्र - भगवत्कृपा एव नूनम्

अत्र विस्मयप्रदाता मम तु
ध्वनिः कुत्रतः आगच्छतीति
अन्यायप्रतिकूलं उद्दिश्य
मत्कंठलोचनं यदा उन्नमयति
कदाचिच्छब्दानां मौननदी प्रवहति ।
शांतं प्रवहति उज्जीवयति च

कतिचित् वर्षति वासन्तकुसुमसौन्दर्यं
उचितशब्दानि प्रयुज्यन्ते परं अर्थभेदं प्रभवति
शब्दप्रयाणं चलति सन्ततम्
तद्गतिमपि अहं पश्यन्नेवास्मि ।

एतेषां शब्दध्वनिनिचयमध्ये
अहं सत्यान्वेषणमिच्छेयम्
अतएव मौनमाधृत्य अन्तः प्रविश्य
सदाकालं सनातनपर्वं अनुभवामि ।

स्वप्नबीजानि

पाषाणं पाषाणमित्येव वदेयमहम्

पयस् पयसित्येव वदेयम् नूनम्

सामान्य मनुष्योऽहं

आकाशं पश्येयम्

इन्द्रधनुषं दृष्ट्वा मोहितः
भवेयम्

परं मद्भवनं तु

इन्द्रधनुषोपरि न निर्मितम्

इन्द्रधनुषः वर्णानि आदातुम्

मत्स्प्नमस्ति एव

परं तत्तु कामप्रेमस्वप्नं न

आजीवनतपःफलमेवैतत्

तव स्वप्नमस्ति वा न वा
भवतु

मया तु स्वप्नबीजं उप्तमेव

मृदि उप्तवानहम्

तत्र परोपकारजलषेचनमपि कृतम्

तदङ्कुरितः वटवृक्षं भवेत्

विराटपुरुषस्य हस्तानिव

शाखानि विस्तृतानि

पतत्रिहारं निर्माय

आकाशे दृश्यमान

तत्कंठोद्भूत नदीप्रवाहजलतरङ्गस्वरोद्गीते

भगवद्दर्शनं पश्येथाः ।

समन्वयः

रात्रिगर्भोदितदिवा वदति
'आगच्छ मम समक्षमुपविश'
प्रत्येकनक्षत्रप्रेमप्रकाशमवगच्छेयम्
नक्षत्राणिप्रकटित कालप्रभृति
आनन्देन प्रहसन्ती एव
नाहं जाने
केन एतत् पाठितम्
परं इदं सत्यम्
एते परस्परं ऐक्यभावेन सन्ति
कंठकान् विगणयन्तः
कुसुमानीव सौगन्धं वितरन्ति
दिवाशाखायां पुष्पमेव न विकसति
पतत्रिणां मधुरकूजनमपि मदयति
वसन्तकालपक्षिकूजनं अरूपं परं

सौगन्धयुक्तम्

तस्य चलनमपि अरूपमेव

परं रूपं च करणं च ऐक्यमेव

मत्कर्तव्यसाधना एव

चलनं स्वयमेवास्ति

तत्तपःफलमेव

यावत् जीवेयम्

तावत् संपूर्णजीवनयापनं चिकीर्षयेयम् ।

शान्तिरवस्था

जलनिधिरिव विशालहृदयम्
अनघानन्दावस्था
डोलायमानानि तरङ्गाणि
अस्माकं जीवने
तारागणम्
चन्द्रकला
अस्माकं मार्गदर्शिनः बहवः
आकाशस्थगुरुगणाः एव ।
समुद्रे पतिता शुक्तिरेका
देशं भागीकर्तुम्
कुत्रतः वार्तेयम्
आकाशमार्गचारिणः गुरवः
भित्तिर्विनैव सागरे
अहं हिन्दुस्थानीयः, अहं पाकिस्थानीयः

सीमापारं गन्तव्यम्

नोचेत् प्रतिदिनं अपराधमेव प्राप्नुयाम ।

यदि कश्चिदागच्छति चेत् किमर्थं आगच्छन्ति

यदि अनागच्छति चेत् किमर्थं अनागच्छन्ति

समुद्रे प्रज्वलन्ताग्निरिव

मनसि अस्माकं देशप्रेमज्वाला प्रज्वलत्येव ॥

संकल्पः

कुत्रचित् उदेति
साग्निवर्षादित्यः
दिनं तु शुष्कातपः
दग्धोऽहम्
अग्निवर्षवियदि
शीतलस्थलमार्गणम्

चण्डकिरणबाणान् आदेयम्
प्रकाशछायायुक्तविषममार्गे
जयं प्राप्तोऽहम्
विचुनावसरजननिवहे
कल्पनारहित संकल्पं प्राप्नोमि

संकल्पभा संकल्पशक्तिः

संकल्पभावं संकल्पसंगमः

प्रदोषे प्रभवति

धूसरोद्‌गच्छन्, गावः प्रतिनिवृत्तवन्तः

अद्‌य तु धीमप्रकाशमस्ति

महाजीवनप्राप्तगौरवम्

अवतारं परेषामधिकृत्य न भवति

असहायता मद्रुधिरे नास्ति ।

स्मरणम्

अतिमन्दस्मृतिदीपम्
ज्वलति तमः पानार्थम्
अतिघनविस्तृतान्धकारम्
पानोद्युक्तोऽपि पानमशक्यमभूत्

तरुणपर्णानि विशीर्णन्तीव
स्मृतीः विशीर्णन्ति
स्मृति विशीर्णमिति किम्?
स्मृतिभरणमिति किम्?

स्मृतेरगाधम् किम्?
स्मृतौ मरुजलधिः प्रवहति
स्मृतौ वैशाखमध्याह्न
स्मृतिः न नखं परं तीक्ष्णनखम्

स्मृतिदीपानि निर्वापयत

स्मृतिपंखानि पाटयत

स्मृतिबहिष्करणमसाध्यम्

स्मृतिलोचने तुदत

स्मृतिजिह्वां छिन्धि

अधरौ सीव्यितुमशक्यौ

स्मृतिः अन्धकारः आयाति

स्मृतिः अन्धकारे बद्धम्

स्मृतौ चित्तं गद्गदायते

स्मृतौ जीवनमस्ति ।

स्मृतिवर्णानि बहूनि

स्मृतिः छाया स्मृतिः आतपः

स्मृतेः पदन्यासरवं नास्ति

स्मृतेः पादप्रक्षेपणप्रारंभं नास्ति ।

स्मृतेः सूर्योदयं कुत्र ?

स्मृतेः सूर्यास्तमनं कुतः ?

स्मृतेः मरणं कुतः?

स्मृतेः शरणं कुतः ?

स्मृतेः वचनं किम्?

स्मृतेः वसनं कुत्र?

स्मृतिः प्रस्रवणं वहत्येव

स्मृतिः जीवनं तारयति

हिन्दुधर्मः

अत्र तत्र सर्वत्र सदा
एकैव मन्त्रं हिन्दुमन्त्रम्
प्रत्येकबिन्दौ एकैव मन्त्रम्
प्रत्येक वारिधौ एकैव मन्त्रम्
मुक्ताफलनिभमन्त्रमेतत्
अन्धकारे प्रकाशप्रदमन्त्रम्
अस्माकं प्रकाशप्रदाता
सैव जगत्प्रकाशदाता

उन्नतावनतिरिति भेदो नास्ति।
शरीरपिण्डं विगलत्यपि
लोको मानवानां स्मितपूर्वम्
पुरुषार्थगानदाता सति

हृदये अस्माकं आलयं संस्थापयामः ।

अस्माकं प्रकाशप्रदाता सैव ।

न कोऽपि शत्रुः सर्वे सुहृदाः एव
नवेतिहासं विरचयामः
भेदान् विस्मरेम
नव समुदायं रचयामः ।
अस्माकं प्रकाशप्रदाता सैव ॥
अन्नवस्त्रसंस्काराः सुलभ्याः
भूमिरियमनवरतं आद्रा एव भरिताकाशमिव
ऐक्यं समत्वं आत्मसंतुष्टिरिति
अस्माकं देशं तेजोयुक्तम् कुर्मः
तदेव अस्माकं प्रभूतप्रकाशं प्रदद्यात् ॥

एकादशदिशा

निर्भयचित्तम्

लययुक्तगीतम्

प्राणबद्धनिरामयप्रीतिः

स्वप्नशीलस्मितम्

पवनपुलकम्

अखण्डित जलप्रस्रवणम्

सुवासिताकाशम्

प्रतिक्षणं पावनकराग्निः

धरणी स्नेहभरी सौगन्धभरी

मन्मित्रस्तु परमेश्वरः

अनवरतं पश्यन्नेवास्मि अहम्

न भूतं न भव्यम्

अद्य वर्तमानक्षणमेव

रीतिरिक्तम् रसरिक्तम्
सर्वत्र निःशब्द मौनमेव मुखरितम्
दशदिगतीत्यानन्तरम्
एकादशदिशि संगीतं प्रसृतम् ॥

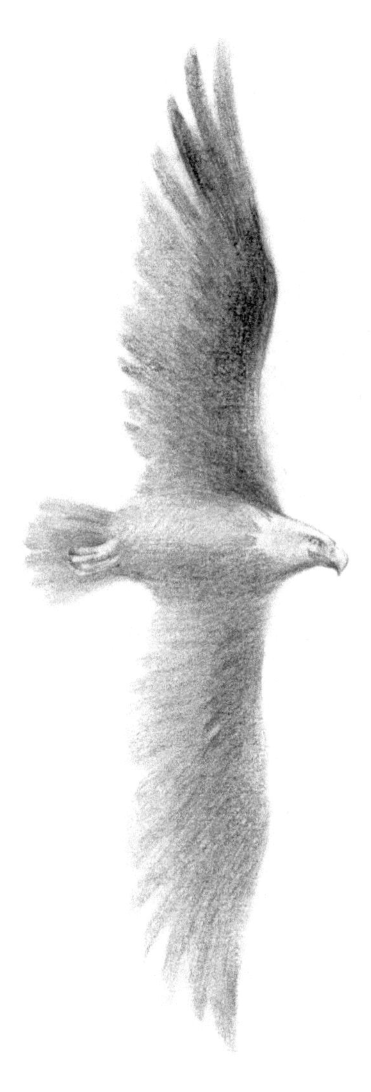